suhrkamp taschenbuch 3180

Drei Texte, entstanden 1992/93 nach der »Wende«, die Volker Braun nun Umbruch nennt, zeigen seine ungebrochene Lust, in die Verhängnisse zu sehen. Auf die bittere Geschichte *Das Nichtgelebte* folgt der satirische Dialog *Der Wendehals*, und dieser wird kommentiert von den kafkaesk gestimmten Kurzerzählungen der *Fußgängerzone*.
Die so grotesk verspielte wie melancholisch heitere Unterhaltung *Der Wendehals* wird von zwei Figuren geführt: die eine – ICH – »arbeitslos, wie alle Weltanschauer und Veränderer hier, entlassen von der zahlungsunfähigen Geschichte, die solche Angestellten nicht länger unterhalten kann«; die andere – ER –, der evaluierte Chef, hat »auf der westlichen Waage« gestanden und dabei den Verstand verloren. Oder ist er zu Verstand gekommen? »Ich höre atemlos zu und staune über die produktive Kraft seiner Wendung, den ausschweifenden Sinneswandel. Er redet wie der Prophet, der, wo er hätte fluchen sollen, segnete, und ich schmecke meine, meine verschenkte . . . meine entscheidende Existenz.«
Volker Braun, 1939 in Dresden geboren, lebt in Berlin. Er erhielt 2000 den Georg-Büchner-Preis.

Volker Braun
Trotzdestonichts
oder
Der Wendehals

Suhrkamp

Die vorliegende Taschenbuchausgabe wurde um Teil I,
»Das Nichtgelebte«, ergänzt.
Die Originalausgabe erschien 1995 unter dem Titel
»Der Wendehals. Eine Unterhaltung« im Suhrkamp Verlag.
Umschlagillustration: Nuria Quevedo

suhrkamp taschenbuch 3180
Erste Auflage 2000

Satz: MZ-Verlagsdruckerei GmbH, Memmingen
Druck: Nomos Verlagsgesellschaft, Baden-Baden
Printed in Germany
Umschlag nach Entwürfen von
Willy Fleckhaus und Rolf Staudt

1 2 3 4 5 6 – 05 04 03 02 01 00

Inhalt

I

Das Nichtgelebte

Noch immer gehe ich in diesem brennend sehnsüchtigen Leib umher und glaube zu ersticken vor Traurigkeit; ruhelos und zu nichts entschlossen, ganz verloren und lebendig.
Aber genug. Jetzt die Maskerade.

Georg wollte den Platz überqueren, aber eigentlich war es ihm nicht ernst damit; es zog ihn das ungewohnte Leben an, er lenkte seine Schritte, in stummer Verabredung mit seinem absurden Gefühl, zur Weltzeituhr hin. Er erwartete keinen, nichts und keinen: und diese Belebung rings! diese neue Lust! Die Kaufhäuser und Läden waren von einer fremden, ausschweifenden Macht erobert, deren Fahnen an den Fronten wehten und Leuchtreklamen die Häuserfirne okkupierten. Die Waren quollen aus den Eingängen auf herausgerückte Stellagen, zum Getöse von Musik; und die Schreie der Straßenhändler unter den Stadtbahnbrücken, hinter Tischen voller Früchte oder Plunder, und selbst die Müßiggänger, die sich in den Weg warfen, gaben sich als ambulante Schwengel zu erkennen, die irgend etwas loswerden mußten, ein Zeug. Veräußern, sagte er sich, ALLES VERÄUSSERN. Er war eben noch froh, absichtslos mit lose schlenkernden Armen seinen Weg zu nehmen, als ihn die begeisterte Rede zweier Griechen oder Türken an einen Stand band, die, in Verzückung geraten über ihr Angebot, große Beutel füllten: ALLES FÜR ZEHN MARK (sieche, wie er nicht wissen konnte, Pfirsiche und Bananen, fauler Blumenkohl), ein prächtiges Geschenk

für eine kinderreiche Geliebte, dachte er berauscht und schleppte verlegen den Ballast. In eine Ansammlung lauter, gelenkiger Männer, Betrüger, die vor kleinen Schächtelchen hockten, Klappmesser in den Jakken; die Ansässigen, noch wirr in ihrer Fremde, waren unrettbar verlockt, und er selbst von unmenschlicher Gier erhoben! Er riß sich los und trat unter die mächtige Uhr, zu der beliebigen Zeit, die hier galt, und sah auf die Uhren der Welt. Sie gingen hier alle falsch.
Hierher hatte sich Georg vor langem, vor Tagen, mit Luise verabredet: 12 Uhr MEZ, um mit ihr fortzufahren. *Fortzufahren* ... in der Liebelei, oder in das Leben. Er hatte sich das nicht gefragt, es war ihm nicht erlaubt erschienen. Sie war allzu jung, so daß sie neben Georg als Kind gelten mußte, aber eine stürmische begehrliche Person. Der er sich jungenhaft überlassen hatte ... für eine ernste Strecke, einen Ausflug in fieberhafter Freude, auf seiner Landkarte, die er bereitwillig glattstrich.
Als er nähergekommen war, hatte er Luise Hand in Hand mit einem Jungen ihres Alters stehn gesehen, er hatte nicht von ihm gewußt, aber die beiden hatten sichtlich unzertrennlich dagestanden. Georg vor den Kopf geschlagen; was war denn los zu dieser Zeit in der Welt? Er hatte, statt sie zu reichen, auf seine heillose Hand gestarrt, die gestern auf der Brust des fremden Wesens lag und jetzt über das Bißmahl an seinem Hals fuhr, das deutlich, wie eine Auszeichnung, angebracht war, jetzt von seinen Fingernägeln restauriert. Ihr Blick aber hatte offen das Unglück bekannt, mitlei-

dig blinzelnd, und Georg hatte gelassen finster hinauf auf seine Uhr geschaut. Sie war abgelaufen.
Es war ihm augenblicklich bewußt geworden, wie dumm und unbedenklich er tickte. Denn erst in diesen Sekunden hatte er vermocht, sie zu lieben.
Der Platz war im übrigen zu groß, seit man ihn umgestaltet hat für irgendeinen gewaltigen Aufmarsch, eines riesenhaften Volks in seiner veranschlagten Emphase. Windig und zugig, und der einzelne verlor sich.
Georg hatte Luise nämlich, als er sie kennenlernte, gar nicht wahrgenommen. Sie hatten, in einem Ferienheim, beim Essen an einem Tisch gesessen, er hatte sie täglich betrachtet, ihr Appetit gewünscht und sie übersehen. Ein Kind mit einer kleinen Brille, glattgebundenem Haar, in einem unförmigen Pullover. Das Essen war fade, einerlei gewesen. Er hatte auf die halb aufgeschlagene Zeitung gelinst, seine rohe Kost. Am letzten Abend war er ihr, aus Langeweile, vorsätzlich begegnet auf der Gasse. Er hatte sie zum Schlendern eingeladen: und sie einen hohen Berg bestimmt. Außer Atem, in genügender Höhe, hatten sie sich umarmt, oder jeder sich im andern, der zugegen war, und Georg hatte überrascht den festen Busen Luises unter seinem Arm gespürt. Er war beim Abstieg mehrmals in einem Taumel vor ihr stehngeblieben, um sich gegen sie zu lehnen, und Luise hatte ihn ernsthaft, mit geschlossenem Mund, geküßt.
Sie hatte ihm ihre Adresse auf einen Zettel geschrieben, aber er hatte ihn von einer Tasche in die andere geschoben, bis ihm, nach Wochen, eingefallen war, jetzt

bei ihr zu liegen. Ein Abrißhaus, zerbrochene Treppe, unverschlossene Türen; ein günstiges Quartier. Er hatte sie nicht angetroffen, doch seine Nummer (ohne seinen Namen) an die Tür gekritzt, worauf sie sofort, aus einem Krankenhaus, aus dem Nachtdienst, angerufen hatte. Georg war am überübernächsten Morgen zu ihr geeilt, hatte Brötchen und Milch erstanden und war durch die Türe in den Bau getappt. Luise hatte in dem leeren großen Raum bei offenem Fenster schlafend auf einer breiten Matratze gelegen. Ein Laubstrauß, zwei Teetassen vor dem Lager die Einrichtung, die Georg anstößig vorgekommen war. Er hatte die Schuhe abgestreift und still dagestanden, wartend, ob sie erwache: sie hatte aber nicht im Traum daran gedacht. In ihr Zimmer hatte er treten können, aber in ihren Schlaf – da hätte sie ihm rasend gefallen müssen, dies war nicht der Fall; er hatte die Atzung hinterlassen und war zufrieden hinausgeschlichen. Am folgenden Tag hatte Georg sie wieder schlummernd ausgestreckt gefunden, und er hatte sich rasch entkleidet und war unter den Rand der Decke gedrungen. Er hatte seinen Leib, auf Schwanzes Länge Abstand, ihrem warmen Rükken genähert, mit Fuß und Kniekehle das bloßliegende Gesäß umstellt, und seine nicht gelagerte Hand hatte über dem schlafnassen Gesicht gehalten, eben den Flaum erspürend. Luise hatte einmal die Augen geöffnet (die Wimpern stachen in seine Fingerkuppen), aber röchelnd fortgeatmet in erschöpftem Schlaf. Es war ihm am nackten Kreuz kalt geworden, und obwohl er die Distanz hatte verringern dürfen, war er bald durchfroren gewesen, er hatte sich aufgesetzt, ihren Kopf zu seinen Füßen, ihr Mund offen, nackte Lippen. Er hätte Luise, um aus seiner armen Lage zu kommen, Gewalt antun müssen, aber es hatte ihm der rohe Mut gefehlt. Er hatte nur IHREN SCHLAF BEWACHT, und, bei dem Gedanken, Zärtlichkeit empfunden, die er wie einen Raub aus der Höhle trug.

Der Platz war – der riesige Platz, auf dem er sich befand – eines Tages wirklich voll gefüllt gewesen. An diesem sonnigen kalten Samstag hatte eine genehmigte Demonstration für Presse- und Meinungsfreiheit mit ihren ungenehmigten Spruchbändern und satirischen Plakaten das weitläufige Areal überschwemmt. Zwischen dem Haus des Buches, dem Haus des Lehrers und dem Haus des Reisens (die gefährlichsten Angelegenheiten des Landes waren verwirrenderweise in öffentlichen Gebäuden betrieben worden) hatte sich die unabsehbare Menge gestaut, angstlos angesichts ihrer Zahl, und unbehelligt von einem Kommando. Es hatte der Witz der Reden regiert von einem Pritschenwagen herüber, und im Gelächter, im Applaus hatte die Menge in glücklicher, unangreifbarer Ruhe verharrt. Sie war unvermutet zu einer kühnen Feier geladen. Sie hätte, an diesem Tag, die Macht zu unglaublichen Dingen gehabt, aber es hatte ihr genügt, hier zu sein. Zugehörig dieser herrlichen, nichtsachtenden Heiterkeit. Sie war ein Souverän gewesen, der sich begnügte mit diesem Beieinanderstehn, dem Gefühl einer ungeheuren Möglichkeit.

Georg hatte die Zärtlichkeit über mehrere Tage gerettet, und so heimlich er sie sich angeeignet, bei einer ahnungslosen schlafenden Person, so offen hatte er sie nun zeigen wollen. Er war in einer Morgenfrühe zum Krankenhaus gefahren und hatte sie Luise, als sie endlich, weit nach der Zeit, aus dem Nachtdienst kam, vorgeführt; Luise hatte sie zur Kenntnis genommen. (Seine Arme erhoben vorgestreckt, die Schritte zu rasch auf sie zu.) Und war mit Georg, an den Blicken der Pforte vorbei, noch einmal nach oben gestiegen, aufgeregt jetzt, und hatte ihn in dem langen Flur in die Zimmer lugen lassen. Die Alten hatten hier, weiter sonst nicht beachtet, in ihren armen Betten gelegen. Sie waren gewaschen, gefüttert worden und, hatte sie gesagt, mit guten Worten bedacht; und Georg hatte gesehen, wie sie zu Luise hergeschaut hatten und Licht in die Augen dieser Verlassenen gekommen war. In zwei Betten war in der Nacht gestorben worden.

In der Gasse milde, duftende Luft, die einen heißen Tag versprochen hatte, blühende Kastanienbäume, der sausende Verkehr auf den Ausfallstraßen – alles hatte sie überredet, den Tag zu verleben (und die freie Nacht). Er war mit ihr im Wagen ziellos losgefahren. Während sie zusammengekauert, schon wieder, geschlafen hatte, war er, selber träumend, durch zahllose Ortschaften geprescht, ungeduldig unschlüssig, welche ihr gefallen könnte, welche die richtige wäre, um zu *bleiben*. So war er unweigerlich in die flachste schimmerndste Ferne gelangt, wo die Autobahn geendet, die Landstraße sich verloren hatte und der Weg versandet war. Luise hatte blinzelnd in den blendenden Himmel gesehn, und Georg sich gefreut, auf die Frage: wo sie seien? zu antworten: nirgends. Kein Ort weit und breit. Sie hatten aber eine menschliche Spur entdeckt, einen Grenzverhau, der seiner menschlichen Bestimmung verlustig war; im Streifen zwischen dem doppelten Zaun hatte hohes Gras gewuchert, in das friedlich eine Schafherde gemengt war. Sie waren durch den zerschnittenen Maschendraht gestiegen, glücklich verwirrt in dem unheimlichen Gelände. So ist es *nirgends*, hatte Georg gedacht; *überall.* Und entsetzlicherweise hatte er sich jetzt gänzlich zuhause gefühlt, in der Heimat, es hatte nichts gefehlt. Er war vor Luise hermarschiert, betäubt von der Totenstille oder dem Wiesenduft, wunderbar erschossen.

Luise hatte sich aber, blökend: vor Hunger, in Erinnerung gebracht, und sie hatten den Unort aufgegeben und in einer Schenke einen Tisch im Freien gefunden, Bewirtung, Kerzenlicht in der kalten Dämmerung. Die Messerspitze auf den Tisch setzend, eben so, daß sie keine Spur hinterließe, hatte Georg zum erstenmal von dem gesprochen, was er aufgeben würde; eine Frau, eine gewohnte gehaßte Geborgenheit, das Gutsein, das er zerstören müßte, ohne Grund. Es hatten ihm wider Willen Tränen in den Augen gestanden, die der Schmerz oder die Seligkeit dieses Gedankens, oder die Reue hervorriefen – Luise hatte auf das Messer gestarrt und mit einem Schlag auf seine Hand die Spitze im Tisch befestigt. Das erinnernd ist er in der Nacht; dem dunklen Zeitraum, dem er eigentlich, auf dem belebten Platz, wie spät es immer war, nachsann; in dem Doppelzimmer des Strandhotels. Luise hatte sich wortlos ausgezogen und selbstverständlich, wie man sich in einem Zelt einrichtet, beider Betten aufgeschlagen, sie hatte ihm Zutritt unter die Dusche gelassen, er hatte ihren dünnen, sie seinen dicken Leib geseift, die Brüste, den Schwanz: als wäre es eine gewöhnliche Tätigkeit, die man mit Ernst vollbringt. Sie waren, noch naß, auf das Lager geraten, er rücklings, und seine Handgelenke von ihren Händen auf dem Laken festgehalten, so daß er nicht hatte hindern können, daß sie sich mit ihrer feuchten Öffnung auf ihn schob und er, unwillkürlich, unter ihrem Gewicht in sie eindrang. Als sie dann aufgerichtet auf ihm gesessen und er ihr glühendes Gesicht erblickt hatte, war ihm wieder bewußt gewesen, wie jung sie war, unerreichbar in einer anderen Zeit. Er war, neben ihr, ein alter Mann, er hatte die Augen geschlossen und versucht, ihre Gestalt zu vergessen, die über ihm atmete, und die Schenkel für irgendeine Mechanik zu halten, die eine Gegebenheit war. Er hatte gewünscht, unbeteiligt, unbemerkt zu bleiben und minutenlang still gelegen ... aber das eine Teil von ihm war wider Erwarten in die Auseinandersetzung einbezogen. Eine unbedenkliche Rauferei, deren Ende er zerknirscht erwartet hatte, da er dann die Augen öffnen und sie ihn erkennen müßte; er hatte kein Recht auf sie. Als sie aber, ihr Aufbäumen signalisierte es, am Ziel gewesen war, war Georg, schweißnaß, auch eben dort angekommen. Sie hatte den Komplizen umarmt, und ohne sein elendes Dasein anzuerkennen war sie, Nabel auf Nabel, herumgeschwenkt, nun seine Schienbeine fassend und, mit den Lippen, seinen (ansprechbaren) Schwanz berührend; so daß Georg, in gegenteiliger Lage, die seinen in ihrem Schamhaar gespürt hatte und er, verzweifelt alle Rücksicht aufgebend, zu handeln begonnen hatte. Wie ein freier Mann, in einem glücklichen Leben, das vor ihm lag. Er hatte sich darüber geworfen . . . und Luise, seinen Nacken umspannend, hatte den Mund an seine Kehle gepreßt und, mit immer festerem Druck, zugebissen: eine Mitteilung, die ihm wichtig war (und, wie sich zeigte, in dauerhafter Schrift) – er hatte, den Schmerz ertragend, das Tosen des Meers gehört; ein brausendes Gefühl von Angst und Lust; er war zu seiner Bestimmung gekommen. Am Morgen: 4^{05} MEZ, als das erste Licht Wasserfläche und Himmel auseinanderschied, sie hatten über die Reling des Balkons gebeugt gestanden, hatte Georg, von unerklärlicher Unruhe erfaßt, zum Aufbruch gedrängt. Luise war die Eile abscheulich gewesen – Termine, Verpflichtungen in seinem Kopf kursierend, Ausreden alles, die ihn aber fortbefahlen, er hatte die schlimmsten Spuren im Zimmer beseitigt und, unbemerkt von ihr, in sich, und endlich, auch wenn sie ruhig gefrühstückt und gemächlich das Meer besucht hatten, wie im Wahnwitz, überstürzt den Tatort verlassen.

Georg wandte sich, auf dem Platz, unter seiner abgelaufenen Uhr, unter Luises erinnertem mitleidigen Blick, die Fingernägel wieder in das Bißmahl grabend, weg und erkannte zwischen den dreisten Hütchenspielern einen Mann. Der stierte auf die Schächtelchen, unter denen sie kleine Kugeln aus Stanniol hielten, die sich mit Leichtigkeit orten ließen, aber, wenn der Einsatz gezahlt war, niemals aufzufinden waren. Er hatte eben 100 Mark verloren und setzte, seiner Sache äußerst sicher, ein zweites Mal; und verlor wieder. Der Mann richtete sich, weiß vor Wut, auf, ein heulender Ton entwich seinem hageren Leib, er sah mit einem wehen Blick um sich, in die unverständige Menge. Dann fand der Blick, erstarrend und sogleich zerschmelzend, Georg; ein feines, demütiges Leuchten; und der Hagere glitt auf ihn zu, seine wehrlose Hand packend und mit einem Ruck hart an den Leib ziehend (eine Gewohnheit, die Georg oft versöhnt hatte), aber plötzlich den Kopf zurückgebeugt herzlich grinsend. Wer war das!

Es war natürlich Schaber, sein verborgener Vorgesetzter, den er am wenigsten erwartet hatte in dem Gewühl: das sonst durchaus sein Platz nicht gewesen war; und der jetzt, mit bestaubten Schuhen, eine Staude Bananen mit der Aktentasche im Griff, augenscheinlich abgehalftert, sich an ihn lehnte und mit weicher Stimme sprach: Liebster Georg!

Was denn; was habe ich mit ihm gemein, dachte Georg, meinem alten Peiniger . . . *Liebster!* rief er lautlos verblüfft und sah die Zeiger der Uhren rasen, in Sekunden, in denen er ihn plötzlich haßte.

In der Mitte des Platzes war, auf geheimnisvolle Weise, ein mannshohes Lehmhaus entstanden: ein einfacher, sehr einsamer Ort. Umgeben von den schmut-

zigen Glasfassaden der alten Großbauten, durch deren undurchsichtige Scheiben die Staatssicherheit das Zentrum observiert hatte.
Georg hatte zu Schaber jedoch, ehe er ihn noch kannte, innig aufgeschaut. Die Weisungen, die er überbracht hatte, im Flur des Instituts wie ein Massiv erscheinend, waren verbindliche Botschaften gewesen, nach denen man sich sehnte. Die knappen raschen Sätze, hinter vorgehaltner Faust, hatten alles geklärt; und alles war unerklärlich: welches Geständnis ihm Schaber immer machte. Es war nur alles hinzunehmen. In der aufregenden letzten Zeit war Georg, interessehalber, zu einem Vortrag Schabers gegangen. Der hatte sich mit dem Thema weit hinausgewagt – und es dann, wie Georg am Ende dazwischenwarf, gedankenfeig umgangen. Schaber hatte ihn, oder eigentlich sich, zurechtgewiesen, und Georg verblüfft die brüchigen Argumente gemerkt. Er hatte sich auf dem Heimweg in seiner Wutlust an ihn gehangen; und Schaber hatte lächelnd geraten: sich bedeckt zu halten.
Es war noch die Epoche der Sitzungen gewesen, und Georg hatte sich seit Wochen vorgenommen *aufzutreten*. Ehe er sichs versah, war er durch einen Aushang ins Institut befohlen worden. Ein kolossaler Bau aus dem vorigen Jahrhundert, mit Marmortreppen und vielen mächtigen Türen, an den sich der Trakt eines Gerichts anschloß, der vergitterte Fenster aufwies; in einem der Höfe hatte man mitunter für Minuten Häftlinge an der Luft sich ergehen gesehn. Georg hatte sich in den engen Saal gedrückt, wo ein kleiner

Ausschuß schon, mit Schaber in der Mitte, bei geschlossenen Vorhängen an einem rotbespannten Tisch gesessen hatte; Schaber redend. Eine Marxbüste, ein übel geschmückter Tannenbaum, die Wanderfahne im volkseigenen Ständer: komisches Inventar; Georg, seine Fragen auf den Lippen wälzend, hatte belustigt mit dem Stuhl gekippelt. Und Schaber war nicht zum Schluß gekommen, und es war immer dumpfer im Raum geworden. Bis Georg alles nicht mehr erheblich gefunden hatte und auch sein Grimm ermattet war, und als gefragt worden war, ob es Fragen gäbe, hatte Georg blöde blickend nichts herausgebracht. Zur nächsten Versammlung hatte er sich wider seine Neigung vorn postiert und, während Schaber noch sprach, sich schon zu Wort gemeldet. Er war der Rede kalt gefolgt und hatte zu den Sätzen sogleich eine Brut von Gegensätzen auf der Zunge, die seine Backen blähten. Schaber hatte einmal aufgeschaut und die lästige Hand mit einem wirschen Satz gekappt, Georg war die Hitze ins Gesicht gestiegen, Zischen und Prusten in den Reihen hinter ihm, so daß die Unruhe allgemein geworden war. Er hatte sich nun aber zusammengezogen und den eklen Vortrag ertragen; hätte er aufstehn und speien sollen? Es hatte ihm der rohe Mut gefehlt. Schaber war also ans logische Ende gelangt: daß man DIE WACHSAMKEIT ERHÖHEN müsse, und Georg hatte unversehens Verachtung gelernt.

Auf dem riesigen Platz hatte man an das eine Entsetzliche gedacht – nachdem kurz zuvor an dem sogenannten Feiertag die Volkspolizei die kleinen Aufläufe aufgefangen hatte, ungewohnte Verrichtung für ungeübte Mannschaften, nachdem sich die Regierung oben entschlossen hatte, den Anblick unten wegzuwischen, das störende Volk in die Kastenwagen zu laden und in aller Abgeschiedenheit seine Einwände zu vernehmen, nachdem die Polizei das Volk aus ihrem Namen los war und man in Garagen und Kellern wie überall in der Welt mit dem Gesicht zur Wand gestanden hatte, nachdem die unbekannten Handgriffe und Fußtritte, im Handumdrehen, begriffen worden waren, Gebrüll, Gebell, Verhöre bis zum Tag ... nachdem man auf den Platz gekommen war, hatten alle, auf dem Platz, an das eine ungeheure Unmögliche gedacht, die Lösung, die auf einem andern Platz geprobt worden war, die entsetzliche, alles zunichtemachende, die Chinesische Lösung.

Das Gefühl der Verachtung, das Georg beschlichen hatte, hatte er leicht, an der nächsten Plakatwand, abgestreift. Es war der öffentlichen Vernunft Schabers geschuldet, er hatte doch aber persönlichen Verstand, auf den man setzen mußte. Und richtig war Georg wiederum, ehe er sich gemeldet hatte, von Schaber vorgeladen worden, in sein Wohnhochhaus in Mitte. Georg war am Abend in dem Silo erschienen, und Schaber, im Treppenhaus wartend, hatte ihn mit einem langen kritischen Blick umfaßt (das Manuskript, das Georg vor der Brust hielt, stockenden Schritts). Und war durch die Gänge vorangeeilt, in denen sich ungewa-

schene, hungrig dreinblickende Kinder gejagt hatten, die Wohnungsschlüssel am Hals, ohne Aufsicht; Schaber hatte sie mit lauten dumpfen Schreien weggescheucht, so daß sie mit verkniffnen Gesichtern in die Fahrstühle gesprungen waren. Sie hatten ein Neugeborenes mit herumgeschleppt.
Im Heizungskeller war sogleich das gefährliche Klima zur Sprache gekommen, die Wetterfront aus dem Osten, die verregneten Pläne. Sie waren beide überzeugt gewesen, daß man sich auseinandersetzen müsse. Schaber hatte den Kellerraum verschlossen und den Gegner gebeten stillezuschweigen: während er nun das Manuskript aus dem Packpapier geschlagen und mit leiser, erstickender Stimme darin gelesen hatte, Passagen, die verwerflich klangen (daß falsch sei, was sich nicht *ändere*), bis die Widersprüche, auf einem zitternden Blatt, auf den Punkt gebracht waren. Georg hatte ins Dustere gegrinst, in dem sich, geschlossenen Munds, die Debatte erhob. Was wollte er ändern! alles. Alles auf einmal. Sie hatten ja, der Suada folgend, gefühlt, daß sie an eine Grenze kamen, hinter der die Wahrheit lag; vor den Palisaden ihrer Gewißheiten die rohen nackten Tatsachen. Sie waren ins unbewachte Offene hinausgeraten, ängstlich bewußt ihres herrlichen Vergehens. *Alles* wird anders, hatte Georg gewußt, es ist *nichts*. Auf die verstaubten Säulen Altpapier gestützt, ja sie umklammernd, war er plötzlich in einer Fremde gewesen, dem eigenen Denken; Schaber gleichgültig; er, er elend vorhanden.

Doch Schaber hatte wimmernd aufgelacht: vor Überdruß, und sie waren aus dem Verlies hinauf in Schabers Etage gewichen, ins überheizte Wohnzimmer, unter den Kronleuchter, der am Tage brannte. In den Sessel gedrückt, in den er am liebsten versunken wäre, hatte Georg für sich bedacht, was gewonnen war ... der Bruch, mit seiner gewohnten gehaßten Freundlichkeit, der Gemeinsamkeit, die zerreißen würde wie ein Gespinst. Er hatte versucht, den Übermüdeten zu spielen, um den Zorn und die Traurigkeit ruhig auszukosten, den Trotz; aber Schaber hatte ihn endlich aufgegriffen und wortlos aus der Tür gedrängt. Die andere Szene, an die er sich deshalb erinnerte (ohne den Platz zu verlassen, in der angegebenen Zeit), war der Tag des sogenannten persönlichen Gesprächs, im leeren Leitungszimmer. Schaber hatte ihn säuberlich heruntergeputzt und sich von dem Abweichler abgegrenzt, Georg hatte die Zähne zusammengebissen mitsamt seinen Witzen, er mußte das über sich ergehen lassen wie Gewäsch. Man war zur Sache gekommen: der eisernen Disziplin, in die sich sein Nischel fügen müsse – den Georg verzweifelt gesenkt hatte; worauf sich Schaber aufs Drohen verlegt hatte, alles in ihm zum Widerstand reizend. Er hatte an diesem ihm vorgesetzten Gegenüber, der hämisch unbeteiligten Fresse vorbeigesehn. Wie alt und elend waren diese Methoden, aus einer aschgrauen Zeit. Er war ein erwachsener Mensch. Er konnte dieses Fossil vexieren, das ihn erpreßte, und kühl seine Winkelzüge studieren, den leibhaftigen Apparat. Nichts hielt Georg hier als sein eigener verträumter Wille. Er war imstande, sofort, mit Getöse, aufzustehen, die Türen schlagend. Es war aber in seinem Wesen ein widersetzlicher Zipfel, der sich nicht heraushalten konnte, auf dem er sich hineinritt, das Weitere wütend ersehnend; wer Ohren hat zu hören der soll sehen; es war ihm recht gewesen. Schaber war endlich, mit Triumphgeheul, zu seiner Entscheidung gelangt und Georg ganz erblaßt zur selben Einsicht. Er hatte sich auf den Genossen geworfen und, als könnte er ihn widerlegen, die Handballen auf seine Zähne geschlagen; der aber war reflexartig abgetaucht, mit der Körpermasse den Angreifer aushebelnd, so daß Georgs Kopf vor Schabers Füße geflogen war, der nun bedächtig, mit der breiten Sohle zugetreten hatte. Und ihn in ein anderes ehrloses Leben beförderte, da im Drecke . . . es konnte jetzt beginnen. Und Georg, hinter dem Vorgesetzten knieend, hatte die Hände an seinen Hals gelegt und ihn, rasch verzagend, gewürgt; er konnte sich ihm nicht verständlich machen (Schaber zeigte am nächsten Tag das Würgemahl). Es hatten, in Georgs Bewußtsein, die altbekannten Schlachten gehallt – ein trampelnder Haß; die jetzt endgültig verloren waren. Gegen Abend (18 Uhr MEZ), die Dämmerung nahm die Gebäude ringsum schon in Schutz, hatten sie nebeneinander am Panzerschrank gelehnt, Georg von vollkommener Trägheit erfaßt, festgelötet. Schaber hatte ungeduldig gestöhnt – morgen, alle Tage, befahl die Pflicht sie wieder her; Georg hatte die Räumlichkeit in sich aufgesaugt und das Geschehene darin, und war freilich, obwohl er rücksichtslos weiterschrieb und herrlich weiterdachte, wie ein Verblödeter eine Arschruhe habend in der Sphäre verblieben.

Der Platz, den Georg jetzt sah, und auf dem er Schaber stehenließ, der sich brüsk entfernte, war von lauter einzelnen Leuten überlaufen, die, ohne etwas miteinander im Sinn zu haben, die große Distanz ausmaßen, wie von einem mächtigen Würfler zwischen die Werbeflächen gejagt. Es war eine andere Zeit; die alte, Schabers Zeit, war vorbei. Georg dämmerte ein böser Gedanke: der hatte sie nicht gewollt, die Gemeinsamkeit, es war ihm nicht ernst gewesen. Nun mußte er damit leben ... es geschah ihm recht, daß er verschwand dahinten, nur noch an der Bananenstaude zu erkennen. – Aber wer war e r ?

Georg war ein pünktlicher Mensch, der nur nicht verabredet war, nicht mehr. Es war 12^{15} MEZ. Er konnte ohne Schrecken auf die große Uhr sehen, und mit unendlicher Trauer, seine Plastetüte in der Hand: ALLES FÜR ZEHN MARK. Hätte er Luise halten können? – Er würde es nie wissen. Wer nicht liebt zur rechten Zeit, der muß sehn was übrig bleibt. Hätte er sich von Schaber trennen können? – WER ZU SPÄT GEHT, DEN BESTRAFT DAS LEBEN. Warum hat er sie nicht gefreit? Warum hat er sich nicht befreit? fielen die Sätze in seinem Kopf übereinander und narrten ihn mit ihrem Gleichsinn, und er hatte nur die eine arme Antwort bereit: Ich habe es nicht gewollt. – Indem der Gedanke ihm ins Herz schnitt, wußte Georg, daß es ein glücklicher war, ein unausweichlich wahrer. Er war ein einzelner hier, aus einer großen berühmten Menge, die hier gewesen war mit ungeheuren Transparenten. Wir haben es nicht gewollt, sagte er vor sich hin, wir haben es nicht gewollt, wir haben es nicht gewollt. Es ist uns nicht ernst gewesen. Wir hatten Zeit genug. WOLLEN WIR UNSERE UHREN VERGLEICHEN, ES SIND SO VIELE ZEITEN. WIR WOLLEN UNS NICHT VERFEHLEN. WENN DIE UHREN DER WELT EINE STUNDE SCHLÜGEN, DAS SOLLTE EIN HOCHZEITSLÄUTEN SEIN, DASS DIE WELT IN DIE WOCHEN KOMMT. Wir werden es nie wissen. Es geschieht uns recht. Nun müssen wir damit leben, in diesem Universum des Nichterlebten. Und für den einzelnen, nur für ihn, wächst die Vergangenheit zu einem riesigen Raum, und die Zukunft wird immer kleiner, die Zukunft, die doch beginnt! Beginnt und endet, in dem besinnungslosen Treiben, der ewigen Lauferei hier, etwas Unwiederbringliches suchend, die Möglichkeit.

Genug. Georg wollte den Platz überqueren, aber da es ihm nicht ernst damit war, wandte er sich nur nach der anderen Seite herum und erblickte eine groteske Gestalt, die mit gestrecktem Bein auf ihn losging, ihn mit beiden Händen grüßend: die eine aufwärts vorgereckt, die andere neben dem Ohr verlegen zur Faust geballt, das übrige Bein aber schien dem Boden verhaftet; so daß der Kerl wie ein Zerrissener wirkte, der doch blindlings einen Schritt wagte: auf das Schaufenster des Kaufhofs zu.

II

Der Wendehals oder Trotzdestonichts

»Weiß man, ob nicht das menschliche Geschlecht seine Albernheiten begeht, weil ihm irgendein Sinn fehlt?«

Michel de Montaigne, *Essais*

»›Liebe Frau‹, erwiderte Sancho, ›wenn Gott es wollte, so wäre ich froh, nicht so heiter zu sein, wie du mich siehst.‹«

Miguel de Cervantes, *Don Quixote*

Wie gut, daß ich keine Bücher schreibe; diese dicken ausgedachten Erzählungen über real existierende Zustände, von denen man weiß, was davon zu halten ist, nichts, unhaltbare Verhältnisse! Jetzt liest sie keiner mehr.

Ich unterhalte mich lieber, mit mir oder, wenn ich gerade abwesend bin oder verdrossen, mit einem zufälligen Passanten ... der somit notwendig wird. Warten wir ab.

Ich befinde mich in der Fußgängerzone, einer neuen beruhigenden Errungenschaft, die uns die alten Gassen zurückgibt; den Verkehr beruhigend und unsere motorisierten Gemüter ... eine Erfindung wie gemacht für die, die auf der Straße liegen, bei freundlicher Witterung: die wieder wahrgenommen und gewürdigt wird, die Frühlingssonne in den, nicht von uns, gepflegten Anlagen, die Schattenplätze auf den stabilen Bänken. Man muß es nur gewöhnt sein und nicht wie in den ersten hastenden Wochen wütend die Erde treten – das neu und saubere Pflaster –, man muß die gewaltige Zeit gewähren lassen, *der Baum läuft nicht nach seinen Blättern.* Wer könnte das besser begreifen als ich? Denn ich auch bin arbeitslos, wie alle Weltanschauer und Veränderer hier, innerlich abgewickelt und entlassen von der zahlungsunfähigen Geschichte, die solche Angestellten nicht länger unterhalten kann (mit ihrem dünnen Witz): denn so genügsam wir bekanntlich waren, der Preis unserer Plane war zu hoch.

Aber was für ein Genuß, meine übrigen Freunde,

jetzt verstehe ich euch erst, nicht denken zu müssen. Nicht dafür sein zu wollen oder, dem Naturell gehorchend, dagegen. Nichts beweisen zu müssen! Das ist eine andere, und siegreiche Philosophie, eigentlich ersehnt und uns auf den Leib geschrieben, nicht wahr? – Was hatten unsere Gelehrten, den Kopf einmal beiseite gelassen, für gute und massige Leiber. Und wie wenig haben sie sie eingesetzt. Und sie ins Leben gestemmt. Welcher Irrtum, mit dem Kopf zu leben!
Ich traf neulich zwei der Besten im Schlafwagen, Gosing und Eichholz I, auf dem Weg zu einer Konferenz, und sie erzählten mir eine Nachtgeschichte: sie waren ihrer Funktionen enthoben worden und auf geringes Geld gesetzt; in die Wüste geschickt. – In die Wirklichkeit. – In die Lächerlichkeit! (Nun mußte ich lachen:) Warum habt ihr nicht nachgedacht, als ihr die installierten Denker wart? – Das haben wir, erwiderten sie, wir haben alles erkannt, uns war die Misere bewußt. Wir haben das schriftlich niedergelegt. – Aber es war doch nie zu lesen? – Ja, wie denn auch? In einem Buch, wie es Bahro schrieb? Das schmiert man in vier Wochen zusammen. (Ihr Wissen war vertrackter, unbeschreiblich, wie!) Man hat nicht auf uns gehört. Wir waren nicht zuständig, Freund! (O gewiß.) Ich floh in mein Abteil, und am Morgen begegnete ich auf dem Bahnsteig in Köln Bahro, zwei Koffer in den Händen, und ich fragte ihn fröhlich: So reist du nun mit großem Gepäck durch Deutschland. – Ja, sagte der berühmte Rebell, da sind die Kissen drin für die Meditation.

Von dieser Begegnung ist mir das (symbolische) Kissen geblieben, das ich unauffällig bei mir führe, wenn ich mich jetzt ins Freie begebe . . . in die harte Realität. Ich gehe umher, und wie ich mich eben herumwende, sehe ich, wie sich auch mein Hintermann herumgewandt hat und statt, wie erwartet, den Kopf wieder zurückzudrehen, mit so verrenktem Halse fortmarschiert. Ich habe ihn aber erkannt: obwohl er nicht wiederzuerkennen ist, so verändert ist seine hingeduckte Gestalt; fein gekleidet, gebürstet und gebräunt, und er geht stolz wie ein Banker einher. Es ist mein Kollege Schaber, der abgewickelte Chef. Er ist, wie man in Kreisen der Wissenschaft weiß, bei einer »Finanzakademie« untergekrochen, vielmehr eine Seilschaft hat ihn mitgezogen – eine *Akademie* noch immer! –, und nun endlich ist ihm erlaubt, wovon die Wissenschaft träumte: tätig zu werden und rastlos zu handeln. Aber die Ziele, für die er sich einst opfern wollte, sind ihm abhanden gekommen, verblaßt wie Plakate vom vorigen Jahr. So geht er täglich *ans Werk* – ohne irgendeinen Zweck zu verfolgen; er sitzt noch auf dem Pferd des Engagements (einem Gebrauchtwagen, den ihm die Firma stellt, einen gut erhaltenen Opel), aber er reitet auf kein Ideal mehr zu, er ist nur in Trab. Was für ein armer Ritter, eine reisige Seele – des Geschäfts. Ein Kaufmann des Ausverkaufs (in seinem eigenen Laden); und er steht nicht allein in dem Beruf, tatsächlich sehen wir all die abgehalfterten und gottvergessenen Genossen, von Egon Krenz bis zum letzten Lehrer der Staatsbürgerkunde, ins Kaufmännische überwechseln, zu den Versicherungen. Die gewohnte Selbstlosigkeit bewährt sich nun in der Annahme des Risikos, der Zufälle des Markts, und der gelernte Zynismus erlaubt die Verleugnung der alten Taten. Nur an der schwarzen Farbe ihres Aufzugs läßt sich erkennen, daß sie von einem Unglück betroffen sind, welcher Art, ist ihnen schon entfallen. Das ganze Vermögen der Erinnerung hat Schaber an die bösen Tage verschwendet, da er gewogen und bewertet wurde. Er hatte auf der westlichen Waage gestanden mit seinem bekannten Gewicht – vor den Kommissären, die auf den kleinen Zeiger starrten –, er hatte versucht, sich schwer und darauf sich leicht zu machen, und dabei alles Gefühl für seine Substanz verloren, das Selbstgefühl; er war bereitwillig lächelnd auf ein Bein ausgewichen, dann auf das andere und war aus dem Gleichgewicht gekommen. War es gut, etwas auf die Waage zu bringen, oder *belastend*? War es besser, wenig aufzuweisen? Die Frage, gar nicht gestellt, gellte in seinen geübten Ohren, er stotterte seine philosophische Antwort (die einen berühmten Lehrsatz verwendete oder wendete): »Ich bin. Aber jetzt haben sie mich. Darum werde ich nichts.« Das Ereignis hatte ihm den Kopf verwirrt; die Scham darüber, daß er der Kommission zum Mund geredet, daß er sich angestrengt hatte, dem Feind zu gefallen: der ihn dennoch durchschaut und geschlagen hatte, vernichtet hatte auf seinem Feld, auf dem er überlegen war. Das hieß, er war *negativ* beschieden worden; welches Wort ihm, der nur positive Ansichten hatte durchgehn lassen,

eben vernichtend klang. Seit dem Tag war ihm sein voriges Denken so vollkommen aus dem Kopf geblasen, daß man, je nachdem, meinen konnte, er habe den Verstand verloren oder er sei zu Verstand gekommen. Es war die Zeit, in der Ereignisse aller Art, die Öffnung der Mauer oder das Erscheinen des Dosenbiers, mit dem Ausruf *Wahnsinn!* begleitet wurden, der Wahnsinn wurde im ganzen Volke für normal gehalten, es waren, im Lande, endlich die Schrauben lokker, und ein ganz Verrückter fällt nicht auf im Gedränge.
Ich verharre – vor den Hütchenspielern, mitten auf dem Platz – abwesend ... um ihn heranzulassen, und er schreitet vorbei mit schrägem Blick zurück, hält und tritt an meine Seite.

ER
Lassen Sie es sein. Sie haben keine Chance. Sie können nicht gewinnen gegen die Betrüger. Die haben das Handwerk gelernt.

ICH
Ich habe nicht die Absicht zu gewinnen.

Er sieht mich an, grinst breit und erwidert:

Das ist ein großes Motto für eine kleine Geschichte.

ICH
Für eine andere Geschichte, als die wir kennen.

ER
Die müßte erst geschrieben werden.

Mich erstaunt seine helle, feste Stimme und der ungewohnt bissige Ton, in dem er fortfährt:

Aber von wem. Das Volk will betrogen sein.

ICH
Das Volk – hat Geschichte gemacht. Auf diesem Platz. Laß das Volk aus dem Spiel.

ER
Ich, gern. Es spielt. Sehen Sie nur. Es ist wild darauf, es mit sich machen zu lassen.

ICH
Man hat es ihm beigebracht.

ER
Wir, Herr Kurator, wir, wiewohl wir andres im Sinn . . . im Sinn –

Er verliert den Faden und sieht mit kaltem interessiertem Auge zu, wie eine große, stämmige Frau zögernd, aber gierig die Börse aus der Einkaufstasche fischt, energisch auf eines der Schächtelchen am Boden weist und den in der Hocke federnden Mann anherrscht, eben dieses aufzuheben. Er tut es, mit fliegenden Händen; der Fleck ist leer; die Enttäuschte fährt mit offenem Mund herum, ohne weitere Äußerung, und weicht beschämt aus dem Pulk.

ER
Nie wieder VOLK.

ICH
Und noch immer eine Losung.

ER
Eine Lösung. Losungen hatten wir, wir brauchen Lösungen, Herr Vorsitzender.

Er verwechselt mich, für wen hält er mich? Lösungen sind nicht meine Sache. Ich lache:

Wir müssen uns lösen –

ER
Gewiß. Es wurde Zeit. Aber es ist nie zu spät für ein neues Leben.

Er sieht auf die Uhr, als hätte er es abzupassen, und redet aber gedankenverloren fort:

Ein neues Leben im Leben. Wem wird das schon zuteil? Das Glück: ein zweites Leben zu beginnen.

ICH
Ja, wenn einem das eine genommen wird.

ER
Wenn man es verliert . . . wenn man es aufgibt. Wenn es gescheitert ist!

Er grinst, und sieht gespenstisch aus; wahrhaftig wie ein Gestorbener, dem nur die eine Grimasse bleibt.

ICH
Eine Katastrophe . . . und du lachst dabei?

ER
Natürlich; sie ist die Rettung. Wir haben es nicht gewußt. Wir haben sie gefürchtet, wir wollten ihr entgehn. Dann ist sie eingetreten, und die Türen gingen auf. Sie hat das Haus verwüstet.

ICH
Allerdings.

ER
Verlassen wir es. Was haben wir dort verloren? – Alles.

ICH
Ich weiß nicht?

ER
Meine Frau. Sie wird sich scheiden lassen. Meine Bücher. Sie hat sie ausquartiert, nur die Romane hat sie einbehalten. Das ruht im Müllcontainer. Die Bleibe,

der Staat: alles ist verloren, weggenommen, und das letzte Hemd: der Glauben. Er ist weggekommen.

ICH
Aufgebraucht.

ER
Zerrissen . . . durchgewetzt.

ICH
Ihr habt ihn nicht geschont. Man muß ihn wechseln, wie.

Er sieht mich durchdringend an, während er die Antwort sucht; und weil er nicht bei sich ist, beginne ich unwillkürlich mit seiner Stimme zu reden.

Der unverbrüchliche Glauben.

ER
An nichts, Herr Kommissar . . . was man verlieren kann.

ICH
Den Verstand. Du hast den Verstand verloren.

ER
Es lag nicht viel daran.

Er lacht plötzlich heraus:

Das bin ich alles los. Ein Rennewü, wie man in Sachsen sagt: Großreinemachen. Aber was bin ich ohne das? Was bin ich selber?

ICH
Das willst du wissen?

Seine Augen leuchten in dem Irrsinn auf, und er ruft nun:

Es hat mich nicht gegeben!

Das wünscht er sich, nie dagewesen zu sein ... ein unbeschriebenes Blatt zu sein, in dieser arglosen Akte. Aber auch die Behörde behandelt uns, als hätten wir nicht existiert: und stuft uns in das 1. Dienstjahr ein. In einem Trauerzug von Oberinnen und Müllabführern trug man ein Transparent: Wir danken der Regierung für unsere kostensparende Verjüngung.

ICH
Wenn es dich nicht gegeben hat – mußt du dich erfinden.

ER
Verfahren wir so, Herr Bevollmächtigter. Ich bin bereit. Lassen Sie Ihrer Fantasie freien Lauf; ich kann ihr folgen, wer weiß wohin.

ICH
Das läßt du mit dir machen?

ER
Was bleibt mir übrig, als alles in der Welt?

Seine Entschlossenheit rührt mich, und meine Neugier ist geweckt. Ich frage also:

Gehn wir die Dinge durch ... Deine Arbeit. Ich will nicht fragen, was du machst. Was macht deine Arbeit?

ER
Spaß, Herr Prokurist, die Antwort lautet: Die Arbeit macht den Menschen ... Spaß. Das ist der Grund, sie anzunehmen.

Ein Arbeitnehmer. Die Arbeitnehmer heißen Arbeitnehmer, weil sie die Arbeit geben. Die Arbeitgeber sind Arbeitgeber, weil sie die Arbeit nehmen. Das ist logisch.

ICH
Die Arbeit macht den Menschen.

ER
Ach was. Ich bin vom hohen Roß, und danke meinem Gott. Was zählt das schon, ob du oben sitzt, wer sieht dich darauf an? Das war einmal ... Achtung, Ansehn, Ehre. Jetzt stehst du vor dir selber da.

Er steht, und sieht in die Luft, als würde er sich im Spiegel betrachten, in den Gesichtern der Kommission, die sofort dazwischengeht:

Du willst es zu nichts bringen.

ER
Nein, mit Verlaub. Es muß mir etwas bringen. Was die Werbung – was man sich erwirbt.

ICH
Den Unterhalt . . . die Unterhaltung, wie.

ER
Ich habs getroffen. Das war es, meine Herrn.

ICH
Mag sein, aber nehm ich es dir ab?

Er blickt zuboden, mit der Miene dessen, der weiß, daß er nicht für voll genommen . . . daß er nicht *umworben* wird, und ich fahre begütigend fort:

Du weißt es nicht. Du bist nicht arbeitslos.

Er atmet ein wenig auf und entgegnet übermütig:

Das bitte ich mir nachzusehn. Denn den Arbeitslosen, sagt Minister Krause, geht es besser als den Arbeitern früher, sie können Ananas essen. Worauf in Rostock angeschrieben stand: Arbeitsloser, leist dir was, kauf dir eine Ananas.

Seine Stimme ist laut, und die Penner vor dem Warenhaus werden aufmerksam auf unsere Versammlung.

ICH
Oder mit dem Grafen Lambsdorf zu reden: wenn man in der Verfassung das Recht auf Arbeit verankern wollte, könnte man auch gleich das Recht auf schön Wetter hineinschreiben.

ER
Das es gegeben hat, ein gewisser Vorsitzender des Staatsrats bestellte, vor dem 1. Mai oder dem 7. Oktober, Kaiserwetter bei den potsdamer Meteorologen, sie mußten die Vorhersage schönen.

ICH
Sie werden Arbeit finden, ausgebildet wie sie sind. Wenn sie es nachher besser wissen.

ER
Jetzt wissen wir das Wetter, in der Freiheit.

ICH
Im Freien.

ER
Wie gesagt.

Die Penner sehn wetterwendisch drein und bewegen die Arme. Er schwafelt ungeachtet dessen weiter:

Jetzt haben wir die Hände frei. Wie die Windmühlen stehn wir auf dem Feld. Der Wind dreht unsere Flügel, er bedient uns alle, so dicht wir auch stehn: für alle ist Luft genug. Der Wind, das himmlische Kind. Wenn wir uns nur grade nicht berühren und aneinanderschlagen, so kann jeder sich bewegen und betun.

Er schleudert die Arme besorgt an den Pennern vorbei.

ICH
Aber du mahlst nicht den Wind, du mahlst Mehl. Braucht man dein Mehl.

ER
Das Mehl?

ICH
Soviel Mehl. Sonst rotierst du nur und lebst von der Luft. Wie diese müden Ritter.

Das Gelichter läßt ein Gelächter vernehmen und gesellt sich uns auf dem Feld.

ER
Wie diese Mühlen, meinst du.

ICH
Die verwunschenen Ritter.

Vorsicht,

ruft er hingerissen, ganz bei der Arbeit.

ICH
So viele Hände, das gibt Händel.

ER
Holla, ihr windigen Schufte.

Es kommt zu einem kleinen Handgemenge, er taumelt, in die Arme der Konkurrenten, die ihn ein wenig vermöbeln, er mischt aber kräftig mit und unterliegt zufrieden.

Feierabend,

sage ich ärgerlich. Wir sind, eine kurze Flucht, ins Kaufhaus retiriert.

ER
Das hat Spaß gemacht.

Doch eigentlich bin ich froh, ihn in diesem verwirrten Zustand zu sehn: und nicht ernsthaft diskutieren zu müssen, wie er mir sonst abverlangte, ich bin des Diskutierens müde, und wie die Dinge liegen, ist ihnen nicht mit raschen Texten aufgeholfen. Man muß sie am

Leibe erfahren . . . und sehn, ob er sich wohlbefindet, oder zerrissen wird.

ER
Meine Jacke ist zerrissen. Und mein Schuh!

ICH
Gut, diese Dinge . . . lassen sich flicken.

ER
Ein geflickter Strumpf, sagt Hegel – »nicht so das Selbstbewußtsein«.

ICH
»Besser zerrissen als geflickt.«

ER
Besser, Herr Kapitän, ein neues setzen.

ICH
In dem Wind. Wenn man es hat.

Er sieht sich ernst in der Etage um, mit der Hand die Augen schirmend; ah, der Überfluß.

ICH
Was brauchst du?

Er begreift sofort, daß das ein neuer Ort der Prüfung ist, und duckt sich schnell bereit:

Ich selbst? Ich weiß es gleich . . .

Er berührt dies und das und schleicht durch die Regale. Kaum hat er sich für etwas entschieden, legt er es zweiflerisch zur Seite, nimmt ein zweites, verwandtes, und einen dritten Bastard vom selben Erzeuger. – Oh, der Rupfen im Alten Regime war einsame Wahl, der konkurrenzlose Schlüpfergummi, verzogen verzärtelt, man wußte, woran man war. Man hatte die Übersicht. Dieses Warenhaus aber hat den Spleen, uns mit allen Federn zu schmücken, Daunen und Damasten, so daß auch ein klarer Kopf sich nicht leicht in einen Entschluß bettet.

ICH
Du zögerst.

ER
Jetzt kann ich nur noch raten.

ICH
Hemden, Schlipse, Slips und Chemisetts. Röcke, Mieder, Leibchen und Turnüren.

Ah, es ist verborgen,

seufzt er und wühlt auf den Tischen und wirft die Morgenmäntel von den Bügeln. Das rare Personal bemerkt es nicht, nur die Kamera.

ICH
Entschließe dich. Es ist alles da.

ER
Es ist an alles gedacht ...

ICH
Alles auf was du kommst.

ER
Ich komm nicht drauf.

Dir fehlt das Selbstbewußtsein,

spotte ich, aber es geht ihm wie im Grunde mir: ich verlasse die berühmte Fresserei im KaDeWe, wo es nichts gibt was es nicht gibt, vom Vogelnest bis zur Haifischflosse, mit einer Schachtel Kamille. Und allein der Käse!

Sehn Sie, Käptn –

sagt er mit leuchtendem Blick,

wir sind so sehr beschäftigt mit Wählen, daß uns nicht auffällt, was uns vorenthalten bleibt.

Dieser Satz, den ich gelesen habe, klingt nun aus seinem Munde glaublich, fast vernünftig, und zum erstenmal sehe ich Schaber beinahe zärtlich an.

ICH
Raus hier. Es reicht. Wir verschwenden unsere Zeit.

Er läuft belämmert zum Ausgang, wo ihm ein junger unauffälliger Mensch entgegentritt, ihn roh am Revers faßt und ihm eine Packung Würfelzucker aus der Weste zieht.

Als der eben abberufene thüringische Sozialminister Axthelm letzten Dienstag bei einem Ladendiebstahl im bayerischen Coburg ertappt wurde, wies er den Verdacht von sich. Es handelte sich um ein Pornoheft und Hundeshampoo im Wert von 10 Mark 96. Nach Angaben aus dem Ministerium äußerten Fraktionskollegen und Mitarbeiter Verständnis angesichts der besonderen psychischen Belastung, der der Minister ausgesetzt sei. – Das mag hier so stehen, damit wir es hinter uns bringen; der Fall ist notiert, und ich lasse es bewenden mit der Frage:

Was muß ich erleben.

Schaber merkt den gestohlenen Ton und wechselt leichthin das Thema:

Was *werde* ich erleben! Was habe ich versäumt.

ICH
Du hast versäumt, zu Mittag zu essen. Es war Mundraub, wie?

Er verzieht die Gusche:

Man nimmt es an. Man steckt es ein. Man nimmt es, wie es kommt. Man will leben!

Ich fühle mich verpflichtet, einen so hungrigen Mann in ein Restaurant zu führen, deren mehrere sich am Ort empfehlen, mit neuen Schildern und stolzen Preisen. Wir nehmen mithin Platz. Wieder er:

Ah, das Leben erleben!

ICH
Jeder ist, wie geschrieben wird, für seine Erlebnisse selbst verantwortlich.

Wir studieren die Karte, auf der die Gerichte beziffert sind, er meldet sich wie ein unsicherer Schüler, der Ober ruft ihn auf. Schaber nennt eine Abfolge, die, um keinen Fehler zu machen, lang gerät, er blickt fragend auf, und ich verrate nichts und setze einen Meißner Domherr hinzu, und der Ober bestätigt alles. Schaber ist glücklich. Das Essen würzt den Disput.

ER
Unsere Wassersuppen, die Vertröstungen . . . Morgen Kinder wirds was geben. Die Enkel löffelns besser aus. Morgen morgen nur nicht heute sagen alle faulen Leute.

Iß, sage ich.

ER
Kloßbrühe . . . aber das Mahl läßt sich nicht aufheben bis zum Immerleinstag, es bleibt sonst im Halse stekken.

ICH
Man muß es roh genießen.

ER
Es muß auf den Tisch. Ich muß es schmecken. Wie soll ich es zubereiten.

ICH
Iß, es wird kalt.

ER
Wir haben es aufgespart, ängstliche Leute, das Glück, für schlechte Zeiten.

ICH
Für den Notfall. Wenn alle danach fragen!

Er ißt, der Disput würzt das Essen. Das Steak, den Spargel, die Flundern, das Ragout.

ER
Es langt für alle. Es geht nicht mehr ums Überleben, Herr Inspizient: wir können leben.

ICH
Ja. Übernimm dich nicht.

Das Parteiessen damals, im 32. Stock mit ausländischen Gästen; der Präside war ein schneller Esser, Schaber ein langsamer, sonst bekam es ihm nicht. Aber natürlich wurde oben zuerst aufgetragen, von den vollen Platten, von denen er die Reste fischte, und wenn die Oberen fertig waren, standen sie auf und das Mahl war beendet. Er war nie bis zum Dessert gekommen.

ER
Früher aß ich achtlos, ohne Sinn und Verstand.

ICH
Heute denkt man sich was dabei.

ER
Man will es bewerten, ich weiß ...

Er sieht mich, dann den Ober lauernd an:

Man will den Gegenwert, für seine Leistung, jetzt, sogleich. Wenn ich bitten darf.

Der Ober serviert, Speckkuchen, Miesmuscheln, Flammeri, Schaber lehnt sich zurück:

Es stand auf der Karte. Erlesen, nicht wahr?

Ein Erlebnis, wage ich einzuwerfen.

ER
Man setzt sich ihm aus.

Er rülpst, und mampft jetzt mühsam, die Augen größer als der Mund, schluckt runter und kaut hoch. Er denkt nicht daran, mir etwas anzubieten ... Hält, mit glasigem Blick, inne und legt den Kopf zur Seite:

Da, Eminenz: man sieht uns zu. Durch die dicke Scheibe. Die drücken die Nasen platt.

ICH
Wer denn? Mann!

ER
Die ungewaschenen ... die Enkel, wie gesagt. Die ungeborenen Mäuler. Sollen sie uns sehn, wie wir leben. Sie können was lernen. Die Herumtreiber, die Fantasten.

Er klatscht eine Kelle Sahne an das Fensterglas.

ICH
Du siehst Gespenster.

ER
Ja, wir leben nicht für sie ... wir leben wirklich. Wir sind am Ziel.

Ja, sage ich angewidert, iß auf. Friß, friß alles.

ER
Wir leben gegen sie.

Wer sagt das? eine sachte, kindliche, fast ungeborene Stimme, aber sein dicker Atem weht mich an, daß ich gegen die Stuhllehne weiche; und in dem Augenblick wirft er sich nach vorn und erbricht sich, kotzt die Mahlzeit über den Tisch, die Meeresalgen hängen ihm über die Lefzen. Er keucht:

Es war zu viel.

ICH
Kannst du es nicht für dich behalten.

ER
Zu viel des Guten. Aber jetzt ist wieder Platz im Magen.

Sagt es mit zufriedenem, ernstem Ausdruck und drückt sich an meine Brust; sein übel begossenes Kleid; ich halte ihn von mir; ich unterhandle mit der Bedienung und lasse ihn blechen; und nun genug. – Aber wo lassen wir ihn, diese Spottgeburt, die Erfindung, verrückt wie sie ist. Ich weicher, ausgelieferter Mensch.

Was jetzt?

ER
Ich wechsle nur das Hemd.

ICH
Ab durch die Mitte.

ER
Berlin. Hier sitzt meine Regierung.

ICH
Gertraude, ich weiß.

ER
Sie wissen es!

ICH
Du hast sie gewählt.

ER
Dazu stehe ich, Herr Intendant, diese Besetzung –

ICH
Besitzung . . .

ER
Diese Besatzung –

Er glaubt sich wieder auf den Zahn gefühlt und sagt bedächtig:

Ich bin exmittiert, in Mitte.

ICH
Im 12. Stock.

ER
Es spricht sich rum ... Noch steht mein Koffer dort. Gepackt.

Das kann heiter werden. Schon verspüre ich Lust, ihn auf dem harten Weg zu begleiten.

Pack aus, sag ich. Was ist mit euch los.

ER
Was soll los sein. Was nicht angebunden ist. Man war es lange. Es ist nichts los.

ICH
Antworte mir.

ER
Ja, Herr Anwalt. Es passiert nichts mehr. Nichts Überraschendes. Man hat sich eingelegt ... festgelegt, eingelassen, und liegt nun in der Tunke ... mundgerecht. In einem andern Bottich schmeckt es vielleicht anders, prickelt, ätzt. Eine andere Belegung ... hat uns mehr zu bieten.

ICH
Mehr Dill und Essig.

ER
Mehr scharfes Kraut.

ICH
Ein bitterer Gedanke.

ER
Schmeck wie du willst, wenn du nur hilfst. Man muß in vielen Töpfen

ICH
lecken,

ER
um zu wissen, was es gibt. Um etwas zu erleben!

Mit dem Palaver ist der Markt durchschritten, und wir stehen in der Rochstraße vor dem niedrigen Wolkenkratzer. Schaber läßt das Thema fallen und blickt ihm nach:

Das ist kein Thema, Euer Ehren. Für die Alte.

ICH
Wir lassen den Deckel drauf.

Wir pirschen, um nicht aufzufallen, durchs enge Treppenhaus und gewahren, von schräg unten hinten, etwa 6. Stock, Gertraude, sie kehrt die Stufen. Sie ist freigesetzt und läßt den alten Arbeitsdrang das Hochhaus spüren. Ein dunstiger Anblick, während sich der Redner profiliert:

Im 5. Stock. Nicht vor der eignen Türe.

ICH
Deine Arbeit, sie nimmt sie dir ab. Sie verwöhnt dich, wie.

ER
So gesehen, ja. Der Tageskram.

ICH
Wir haben damit nichts zu tun. Die Frauen – sind die Instanz für die Probleme.

ER
Sie kennen sie. Erst recht, wenn sie zuhause bleiben.

ICH
Sie sind fürs Praktische. Sie müssen in den Dreck.

Er mustert mich einen Moment, und indem die Waden Stufe für Stufe näherkommen, flüstert er verwegen:

Wir haben sie immer betrogen. Im Vertrauen, Anwalt. Die Welt, die wir erhofften, hat sie nicht gebraucht. Eine Welt ohne die Weiber.

Betrogen, sage ich: und Gertraude schaut mit erhitztem Gesicht übers Geländer, überblickt die Corona und rammelt die Treppe hoch. Die Türe schlägt ins Schloß.

ER
Eine Welt ohne Probleme. Sie waren keins. Wir haben sie gefördert ... *mitgenommen.* Geschenke, Zugeständnisse, der Haushaltstag. Konzessionen, an eine fremde Macht. Wir haben sie behalten.

ICH
Unbedingt.

ER
Vergessen wir sie.

Die Weiber der Welt, jetzt zurückgelassen, lugen aus ihren Buchten. Wir steigen ungeniert hinauf, klitschnasse Stufen, begegnen dem Scheuereimer und grätschen gekonnt darüber. Der Schrubber steht vor der Türe, sie ist zu. Schaber wummert dagegen. Der Schlüssel innen steckt, Schaber verstummt, vor dem Problem, und legt die dicken Fingerkuppen an die Füllung. Er wirkt fachmännisch, intelligibel.

DIE DRINNEN
Wer ist da.

Wer? Ich. Wer bin ich, schluchzt er auf.

Sie öffnet einen Spalt, zieht ihm das fleckige Jackett von den Schultern und schließt die Türe wieder.

ICH
Sie weiß es. Sie hat dich erkannt.

Ich glaub es auch – er schluckt noch immer: Sie war ganz normal.

Er faßt, er umhalst den Schrubber, das junge dünne Ding:

Wir haben den Beweis.

ICH
Das ist die Liebe.

ER
Das Einerlei.

ICH
Ich sprech dich frei.

Ich schließe die Verhandlung, und denke an einen Vergleich, mit den rechtschaffenen Romanen in Gertraudes Regal. Jetzt kann sie sie lesen. Schaber will es *erleben*.

ER
Nicht alles. Bestimmte Stellen, Chef.

ICH
Der Spontanfick. Die Erlebnisreise.

ER
Und nicht die häßlichen Szenen.

ICH
Die Schönheitskonkurrenz.

Der Fahrschrank trägt uns ins Parterre, und Schaber angelt weitere Werbung aus dem Postfach. Müll natürlich, er ist so verrückt, ihn einzupacken. – Das bringt mich auf den Gedanken, zu den Containern zu gehn, in die er seine Bibliothek versenkt hat. Sie stehen unvermeidlich hinterm Haus, nach jeder Leerung wieder überfließend ... notwendige Kübel. Stinkende Hofkommoden. Die *Kommission* beginnt die Überprüfung.

ICH
Sehn wir mal, was du ausgemistet hast.

ER
Alte Schwarten, Chef. Die »Literaturhinweise«.

Er weist mich auf die entsprechende Tonne und öffnet die schmierige Haube. Es ist heute nichts Ungewöhnliches, Bücher in so elendem Lager zu finden, auf Abfallhalden, in verregneten Deponien. Noch nie waren sie so der nagenden Kritik der Mäuse ausgesetzt (zu schweigen von den feuilletonistischen Ratten). Überall wird entrümpelt: nicht die Keller, die Hauptquartiere. Gnadenlose Abfuhr ... ich sehe es gelassen: ein Haufen Broschüren, den Schaber achtlos in die Küchenreste schiebt.

ICH
Comics. Politischer Schund.

ER
Das beliebte Material.

ICH
Es war nur dünne. – Was hast du da.

Er faßt in den Dreck und trifft ganze Bündel stabiler gut erhaltner Bände. Ich ziehe den dicksten heraus, dessen blauer Kalikoeinband mir vertraut ist.

ER
Da haben Sie ihn gleich, Herr Lizentiat. Den Anstifter von allem Übel. Das »Kapital«.

ICH
Ein berühmtes Buch.

ER
Es liest sich nicht berühmt.

ICH
Hast du hineingesehn?

ER
Ich schwöre: nein.

Den Verfasser, der wußte, worauf es ankommt, sieht man noch auf dem Forum: in der veränderten Welt. Er sitzt da, als sagte er zu Engels: Gib mir mal ne Mark. Am Sockel, vorn: VERZEIHT UNS!, hinten: DAS NÄCHSTE MAL BESSER. Es gibt kein nächstes Mal.

ICH
Ein andermal ... wir lesen ihn andermal.

Ich lege das Buch auf eine alte Matratze (vielmehr, um genau zu sein bei diesem Nachweis: die drei Bände), und Schaber zeigt auf die nächsten:

Die braunen Bände auch? Zwei Drittel Lenin. Er blockiert ein Fach.

ICH
Ein großer Riegel.

ER
Weg damit.

ICH
Er trat die Zukunft auf ... mit festen Schuhen. Der Ordnungssinn, seine deutsche Großmutter.

Und wie im Bann derselben, desselben, schichte ich die braunen Bände auf die blauen. Schon gerät ein anderer namhafter Autor dazwischen, den ich kalt betrachte.

Hier ist er wirklich. Du hast ihn besessen.

ER
Einst, Herr Lizentiat. Ich hab ihn weggeschmissen.

ICH
So viele Bände. STALIN, STALIN, STALIN.

ER
Er wiederholt sich halt, und widerspricht sich.

ICH
Wie Lenin auch . . .

ER
Er hat ihn abgeschrieben.

ICH
Nur in verbrecherischem Stil.

In der Rage habe ich den unglücklichen Lehrer mit den *Werken* des Schülers zugesetzt und blicke nun auf den verstaubten Haufen . . . Was stöbere ich hier. »Deutschland«, finde ich erläutert, »gleicht gegenwärtig einem Antiquariat, in dem fortwährend Suchmeldungen nach einem Buch eintreffen, das längst vergriffen und nur noch in wenigen kostbaren Liebhaberdrucken vorhanden ist. Was da gesucht wird, ist die linke Selbstgewißheit, die es nicht mehr gibt. Und diejenigen, die da suchen« – wir kennen sie nicht, »die verzweifelt in den verstaubten (ja!) Bücherkisten nach einer großen Vergangenheit stöbern. Nicht verzweifelt, aber doch ein bißchen verwirrt (sic!) sind die Rechten. Sie suchen nach ihren linken Gegnern« ... Wie sie da übereinanderliegen, Marx unten, Stalin obenauf, sagt Schaber angeregt:

Vielleicht soll man zurückgehn, Herr Berater, in dem Lehrgang ... ganz an den Beginn.

ICH
Und die Treter ausziehn ...

ER
Zu Hegel, beispielsweise,

ruft er und gräbt ihn heraus.

ICH
Brav gewühlt, alter Maulwurf!

ER
Bis sich die Prinzipien sauber zeigen, unverdorben, die reine

(Er stand wahrhaftig einmal, Hegel, mit nur einem Schuh am Pult . . .)

ICH
Theorie.

ER
Um dann den Ort zu finden, wo sie abbiegt, sich verbiegt –

Er krümmt sich, dem Gedanken nach, wie gewohnt, und mich kommt die alte Spottlust an.

In die Praxis, wie. Ich kenn die Gabel, Schaber. Engels, »Von der Utopie zur Wissenschaft«.

ER
Moment, das geht zu schnell.

ICH
Es ging uns nicht schnell genug.

Er weiß nicht, der Verwirrte, woran er ist, folgt aber eilig, wie ein Redakteur, dem Trend:

Der Verstand, Herr Vorstand, da lag das Verhängnis. Der Schwachsinn . . . war das Programm. Man hat sich was gedacht.

ICH
Ich weiß ja nicht?

ER
Einen Zusammenhang . . . wer weiß ihn noch, ein Ziel. Und also einen Zwang.

ICH
Ein Denkzwang, wie.

ER
Damit ist es vorbei. Nichts Vorgeschriebnes mehr, die *lichte* Zukunft. Die Zeitung, bitte sehr.

Er rafft den Artikel, den ich eben fallenließ, aus dem Chaos und verliest:

Jeder kann denken auf eigne Faust. Das Chaos ist der Glücksfall. Wir sind mittendrin. Die Geistesgegenwart!

Und wie um sie zu beweisen, langt der Proband auf den Grund der Tonne und reicht mir einzelne besudelte Heftel. Ich frage arg erfreut:

Luxemburg? Guevara? Dutschke?

ER
Tut mir leid. Die sind nicht von mir.

ICH
Ich glaube dir. – Das hat sich herverirrt.

ER
Woher, fragt man. Hat man das je gelesen.

Er lacht ganz sacht:

Von der Wissenschaft zur Utopie.

ICH
Laß sie, wo sie sind. Im Finstern. Laß die Finger davon.

Immer, Chef,

haucht er, und sein sackiges Gesicht ist von einer plötzlichen grimmigen Sehnsucht erhellt;

Das sind Leichen, sage ich mitleidlos. Rühr sie nicht an. Erschossen und begraben: hier in Mitte.

Er sieht sie resigniert zurück in den Behälter wandern und ruft, ganz geistesgegenwärtig:

Das ist ihr Grab, oh ja. Ein Ehrenmal, der Hauptstadt. Hut ab, ihr Herrn. Laßt die Toten ruhn.

Wir stehen schweigend vor dem Container, zufrieden, jeder wie ers will, mit dem Erlebnis. Es wird langsam Nacht.

Zur Orientierung (Nach Schulze)

Betrachtet man, orientiert an Elster, Erlebnisse als Ereignisse, die eigentlich Nebenprodukt sind, so liegt nahe, ihre Planung überhaupt als unsinnige Utopie zu betrachten. Rationalität könnte gerade in der Vermeidung der Planung bestehen, damit der sensible Vorgang des Erlebens nicht durch die Absicht gestört wird, ihn herbeizuführen. (Aber die philosophische Einsicht hat sich nicht durchgesetzt.)
Wie handeln zu keinem anderen Zweck, als uns selbst ein schönes Erlebnis zu bereiten? Gerade wenn wir meinen, uns zu Tode zu langweilen, erfahren wir unser Leben besonders intensiv, wenn auch unangenehm. Durch unsere Konstitution sind wir zum Erleben verurteilt oder privilegiert.
Wir stehen durchaus vor der Alternative, das, was ohnehin in uns der Fall ist – oh, man weiß es – als Nebenprodukt anzusehen oder zur Hauptsache zu machen. Sobald wir den unentrinnbaren Strom der Erlebnisse nicht mehr hinnehmen, wie er gerade kommt, sondern
Es überrascht zunächst, wie verschwommen die Angaben über Ziele selbst bei denen sind, die ihre Energien in den Dienst der Sache stellen. Auch professionelle Erlebnishelfer wie Romanautoren, Lyriker, Reporter usw. können diese Sprachlosigkeit nur teilweise aufheben, aber immerhin; worauf ihr Erfolg beruht.
(Wir sind unser eigenes Publikum, wissen Sie, aber wir wissen nicht genau, was bei uns ankommt.)

Es gehört zur Psychologie der Erlebnisse, daß sie episodenhaft sind. Es bleibt mir nur, die Zwischenräume zu verkleinern, d.h. das Außergewöhnliche alltäglich zu machen; die »paradoxe Intention«.
Man findet umso mehr, je weniger man sucht . . . Eine Strategie, zwar nahezu blind, dafür aber . . .
hält man nach andern Personen Ausschau, die eine Gewißheit haben: Kritiker, Fans; das Milieu. Nicht mehr in der Angst des 19. Jahrhunderts, sich zu blamieren, in der Angst des 20.: nichts vom Leben zu haben.
Das Genie – nur noch der Detailgestalter, dessen Meinung zum Ganzen nicht gefragt ist. (Abwandlungsformen! im Bereich absurder Übersteigerung, wo weitere »Verbesserungen« nur noch symbolischen Charakter tragen. Siehe die Gesellschaft.)
Suggestion ist keine Lüge mehr, wenn sie geglaubt wird, weil auf dem Markt das Innenleben zählt. Suggestion gehört zum Service.

Es ist immer weniger möglich, von dem, was gebraucht wird, auf das zu schließen, was ist.

ICH
Es wird langsam Nacht. Hast du einen Plan?

ER
O nein. Den hatten wir . . . Je genauer der Plan, desto härter trifft uns der Zufall, wie der Präsident der bei-

den Bahnen sagte. Ich steige ein, auf irgendeiner Strecke, und das Stellwerk, des Augenblicks

ICH
Warte –

ER
führt mich in eine Richtung, in ein Abenteuer, ein spontanes Ereignis, und

Halt! rufe ich,

ER
es ist schon vorüber.

ICH
Was für eine Strecke?

ER
Vorbei. Schade. Vorbei. Ein anderes Angebot.

Er zieht die Krawatte gerade, die ihm bei dem Ausflug verrutscht ist, legt die großen Hände auf das Hinterteil und sieht mich erwartungsvoll an. Die Lichter der Hauptstadt glimmen, bunte Reklamen. Ich murmle abwesend:

Gut, fahren wir fort.

ER
Auf der Stelle.

ICH
»Die Überschätzung der Frage, wo man sich befinde, stammt aus der Hordenzeit, wo man sich die FUTTERPLÄTZE merken mußte.« Musil.

ER
Es stand beim Philosophen Heise an der Klotür.

ICH
Er war ein Prophet.

ER
Im eignen Land. Hier in der Fremde, hat man andere Geltung. Man ist nicht abgestempelt.

ICH
Man darf stempeln gehn.

ER
Man sucht es sich aus. Es kennt dich keiner. Man schämt sich nicht mehr, wenn man sich einsetzt.

ICH
Man ist ausgesetzt.

ER
Zunächst sich selbst. Wer ist man denn. Man will es wissen, nicht wahr. Man muß aus sich herausgehn.

ICH
Tu das, Mensch.

ER
Hier, vor der Kommission?

ICH
Ich wills erleben.

Er sieht mich mit einem merkwürdig ernsten Blick an und erwidert:

Ich weiß, ich bin gestorben. Es spielt keine Rolle mehr. Keine, die mir vorschreibt, was ich tu und lasse. Was für ein Lebenslauf. Man will ihn schriftlich. Ich bin ein Kind, ein Kind!

Ich sehe es, er grient über die runden Backen und streckt entzückt die Fäuste aus.

Ich möchte mich für ihn *einsetzen*, aber ich schäme mich, in der vertrauten Umgebung (wie man, da hat er Glück, in der fremden alle Scham verliert. Und alle Vorurteile):

ER
Bester Herr –

er meint mich, und faßt mich am Ärmel, und wir verlassen rasch das Gelände.

Ich unternehme etwas!

ICH
Das rate ich dir. Hast du einen Arzt?

ER
Weht der Wind daher. Ich wurde schon gefragt, da läuft nichts. Die schicken dich nach Buch –

ICH
Ins Buch –

ER
zur Antistreßkur. Dort wirst du abgeschaltet, wie ein rotes Lämpchen.

ICH
Und lernst den Satz: Leckt mich am Arsch. Auswendig.

ER
In diesem Buch –

ICH
Man liest ihn sich laut vor.

ER
Da lob ich mir eine gesunde Einstellung. Eh ich mich am Arsch lecken laß, halt ich das Gesicht hin, das bedarf nur einer Wendung. Da seh ich nämlich zu.

ICH
Man lernt sich von allen Seiten kennen.

ER
Man hat das Vergnügen. Man lebt dafür ... Man ist die Arbeit los, Glück auf. Man packt es anders an. Das Vergnügen wird die Arbeit.

Wir sind in der Oranienburger Straße, eben noch eine Verlagsadresse, jetzt stehen die jungen Firmen an der Bordsteinkante.

ER
Das ist meine Klientel.

ICH
Wie, diese Schafe?

ER
O nein, Herr Aufsichtsrat. Es sind treue Damen. Ich versichere Sie – nein sie. Es wird ein Erlebnis.

ICH
Ich bin gespannt.

ER
Da, sie warten nur darauf. Sie sehn mich an. Man kann das Angenehme mit dem Nützlichen verbinden.

Ich lächle eitel: Das mußt du mir nicht sagen.

ER
Sie glauben mir? Dann habe ich die Stellung. Ich mach die Sache, gleich auf der Straße. Es ist eine Lust.

ICH
Im Stehn.

ER
Im Vorübergehn. – Meine Dame?

Er tuschelt mit der Hure, von einer Lebens... einer Erlebenssicherung, sie macht ihrerseits eine Offerte, er wird deutlicher und spreizt rechnend die Finger, sie wird es auch und spreizt berechnend die Knie, und ich höre sie blöken:

Blödian!

Hier! ruft er vergnügt: Klingeln gehört zum Handwerk. Jeder Abschluß ist ein Rinnstein –

ICH
Ein Baustein, wie.

ER
des Geschäfts.

ICH
Du bist verrückt, Schaber.

ER
Es kann uns nicht verrückt genug sein. Wenn einen eine, sagt uns Müller, Frau berührt, braucht sie viel länger als zehn Frauen. Wenn zehn, sagt er, an einem arbeiten, empfinde man totale Freiheit. Vierzigtausend! sagt der Mann, das ist es.

ICH
Wie verschwenderisch, wie fürstlich.

ER
Herrschaftlich. Das heiße ich leben. Wir sind die Herrschaft. Wir haben sie angetreten.

ICH
Endlich, Genosse.

Wir schreiten beschwingt über den Damm, auf dem langsame noble Schlitten kreuzen auf der Weide.

ER
Müllermeierschulze macht es möglich. Jeden Tag, in allen Medien macht man an dir herum. Man bedient dich.

ICH
Gut und gerne.

ER
Sehen Sie die Kutschen? Wahre Staatskarossen. Man

fährt nicht mehr nur fort, man fährt aus. Der Adel aus dem Scheunenviertel. Das Volk fährt vierspännig vor.

ICH
Die Spanner.

ER
Es entspannt sich. Es zieht sich festlich an.

Auf Stellungssuche, woh!

ER
Die *Putzfrau*. Der festliche Angestellte. Es macht sich fein, es denkt an sich.

ICH
Es macht sich gut.

ER
Und gerne.

Er streicht einem Schäfchen über den Pelz, das den Irren machen läßt, und ich vernehme (Meier, Schulze?):

Wer mit sich selbst beschäftigt ist, den scherst du nicht. Der neidet dir nicht das Revier. Geiz, Aufstiegsstreben, Missionierungsdrang sind von der Tagesordnung. Es ist Nacht und alle Tatzen grau. Du trägst die Haut . . . zum Erlebnismarkt. Ah, welch ein Ausstieg, aus der Gerberei.

Während des Liedes sehe ich Schaber an eine Litfaßsäule taumeln, er atmet tief, die Faust auf den schiefen Mund gepreßt.

ICH
Nun, hast du etwas erreicht, bei ihr?

Ach, was? Herr Aufsichtsrat,

lese ich auf seinen blassen aufgeschlagenen Lippen, wie in einem Buch:

man wirkt nicht weiter ein. Im Entscheidungssog . . . wird es Geschmackssache. Du vergißt jedes fernere Ziel. Es ist nicht weit hin und her mit der Moral!

Das Wort, kaum in den geschwollenen Mund genommen – das geschwollene Wort alarmiert das Milieu; und die Damen, die das Gerede von den *Policen* schon aufgeregt haben mochte (Polizei!), massieren sich in Höhe des einstigen Verlags und fahren wie eine kleine kräftige Herde über Schaber hin. Schaber in fröhlichstem Handgemenge, obenauf; er kommt zuboden und liegt, obschon willig mit den dünnen Leibern ringend, nach kurzem leblos vor der U-Bahn-Treppe. Die Tiere, jetzt in Angst geraten, entweichen zum Monbijou.

(Der Verlag Kunst und Gesellschaft: aufgelöst.)

He, du alter Sack, entschließe ich mich zu sagen.

ER
Das war ein Fest.

ICH
Ein festliches . . . Erlebnis.

ER
Vierzigtausend Frauen!

Man sieht, wie sie an ihm gearbeitet haben (als gelte es, das Thema Freiheit abzuarbeiten); ich helfe ihm auf, oder der Einfachheit halber die Treppe hinab. Es wäre nun ein Leichtes fortzufahren, zwei drei Stationen, aber Schaber ist noch wie im Rausch.

ER
Worauf sich denn berufen? Auf die Wissenschaft? die Wirklichkeit? Das ist alles nichts. Nur was, nur wie wir es erleben.

Bitte sehr, sage ich sachte.

Er liegt unten im Schacht, und ich schiebe ihm mein weiches Kissen unter . . . und er macht es sich bequem.

ER
Hier in der Natur – ist man aufgehoben. Man sinkt zurück, in das Gestrüpp, man kann sich fallenlassen. Wir selber, Herr Botschafter, sind wieder Natur.

Ich habe keine Botschaft, ich entgegne: Kapitalismus.

ER
Natürlich ... das Label. Unsere Firma war ausgedacht, im nackten Kopf. Sozialismus, die abstrakte Kunst.

ICH
Man merkte es bis in die Sprache, die so ausgedacht war, daß man sie ablesen mußte.

ER
Er war begreiflich, aber nicht verständlich. Er konnte sich nicht ausdrücken.

ICH
Es fehlten ihm die Münder.

ER
Die Natur versteht sich von allein. Sie ist schön, wild, grausam, rücksichtslos, aber sie macht keine Theorie daraus.

ICH
Die Wildnis eben.

Indessen ist ein Trupp Frühaufsteher aus der Bahn geworfen und strebt dem Ausgang zu.

ER
Die freie Wildbahn. Es gibt Lianen, Löwen, Wirbelstürme und Termiten.

Und als sähe er alles vor sich, was er sucht, geht er mit in das Abenteuer. Ich raffe das Kissen auf . . . Aber die Schar verharrt, als habe sie plötzlich vergessen, wozu sie hergefahren ist; sie wußte es noch, als sie das Arbeitszeug anzog, jetzt scheint es ihr entfallen.

Ein Ausflug, sagt Schaber froh.

ICH
Da fliegt was auf.

ER
Im Frühtau zu Berge wir ziehn fallera. Man will vor Sonnenaufgang in der Freiheit sein.

ICH
Mit den schwarzen Fahnen?

ER
Es ist ihnen ernst. Man will sich sammeln. Man ist fest entschlossen.

Davon auszugehn, daß wir nur ein Volk von Spaziergängern und Radfahrern sind, ist wirtschaftlich nicht zu vertreten, beteuerte, beabenteuerte die Treuhand eben in anderem Zusammenhang, der thüringer Steinbrüche.

ER
Man wird die Berge besetzen. Man stürmt die Wiesen. Die Frühschicht geht voran.

Wie weit er fehlt! in seinem Wirrsinn; während der Wortführer der Schar, mit einem Megaphon, mehr sinngemäß berichtet:

die Schließung, sagt man uns, sei *nur natürlich*. Aber ist nicht der »Naturprozeß« eine infame Anstrengung, des Rechnens, Schacherns und Balbierens? Eine gemeine intellektuelle Leistung, die sich maskiert als Wetterschlag. Die Geldursprünglichkeit dreht und wendet die Fakten mit Brachialgewalt des Geistes. Es ist irre.

Die Schar regt die Hände, aber nicht die Füße, obwohl ein Ziel, SIZILIEN, auf dem Wimpel steht. Schaber ruft skeptisch:

Auf, ihr Wandervögel, an die Luft. Auf die Straße.

Da liegen wir, wird ihm erwidert. An die Luft gesetzt.

ER
Bewegung, meine Herrn. Ich zeig euch, wo es langgeht.

Er deutet tatsächlich auf die Gleise, den dunklen Tunnel, der ihm der naheliegende Weg scheint. Diese Gegen-Demonstration kann böse enden, aber zwei der Wanderer nehmen Schaber bei den Armen.

Packen wirs an, sagt er. Immer rundherum.

ICH
Er läuft nicht rund.

Sie halten ihn in der Armzwinge und hebeln ihn aus, er sieht sich von einer steilen Wand geprüft und stemmt die Sohlen dagegen, ich sichere ihn von der anderen Seite, und er weist an:

Ja, Herr Botschafter, vermitteln Sie. Man kann sanfter vorgehn, in der Natur. Man muß nicht ausschreiten, mit so harten Schritten. Nicht das zerstörerische Tempo. Hilfe! Hilfe tut not, Geduld und Bescheidenheit.

Die Arbeiter, die nun erfassen, mit was für einem Menschen sie umgehen, lassen es, und Schaber stellt die Beine fest auf das Plateau. Er steht, zu seinem Schrecken, mitten in einem Gewitter, in dem donnernd der nächste Zug einfährt und die Kamerablitze leuchten. Er fühlt keine Furcht, er trotzt (die Pressefotos werden es zeigen) den Gewalten und geht allein den letzten Anstieg hinauf, die Treppe. Ich könnte ihn lossein – weil mich, mein alter Fehler, die vielen mehr interessieren als einer . . . (»Der Massentourismus.« – »Naja, das massenhafte . . .« – »Elend. Vom Sozialismus in den Siziliasmus.«) Aber er sieht von der obersten Stufe mit einem so glücklichen Blick ins Tal, daß mich eine besondere, literarische Verantwortung übermannt.

ER
Wir sind oben. Jenseits der Probleme. Das Leben ist nicht mehr bedroht.

Wir erschauen jetzt, über dem Hackeschen Markt, den Sternenhimmel und riechen dazu eine ganz süße Luft: und meinen nicht anders, als im Paradies zu sein. Es ist aber so, daß die Bäckerin Balzer schon arbeitet, die sich noch gehalten hat.

ER
Jetzt, am hellen Tag, will ich Klarheit. Werd ich bestehn, Herr Kommissar?

Die direkte Frage macht mich verlegen, ich werde sehr unsicher; und da man mir, leider, jede Regung im Gesichte liest, ist Schaber sofort angesteckt.

Das entscheidet, rede ich mich heraus, die höchste Instanz.

ER
Selbstverständlich. Sprechen wir mit ihr.

ICH
Das wagst du?

ER
Wenn Sie mit mir gehn?

Aber wohin. Ein paar Seiten weiter? Die Selbstgewißheit ist, wie wir wissen, im Eimer ... im Müll. Die klaubt keiner, der nicht eben verhungert, heraus.

ICH
Ich muß wohl ... ich will es erleben.

Wir passieren schweigend das Alte Museum, den erneuerten Dom, das ehemalige ZK-Gebäude, im rohen Frühlicht; die nachgebaute Gerichtslaube und die künftige pornografische Anstalt. Die Unsicherheit ist auf dem immensen Markt nicht gemindert, es wird uns eher mulmig.

Wo ist sie, fragt Schaber. Wo ist die Instanz?

Ganz ruhig, sage ich, selber erregt. Ich marschiere, um Übersicht zu gewinnen, die Oberwasserstraße hinauf bis auf die Gertraudenbrücke und blicke nach Westen. PEPSI-COLA FOR THE NEW GENERATION. MORGENPOST. Blicke auf das, zu einer Antwort, verlockende Angebot. Das ist sie.

ER
Wie denn, dieser Überfluß?

O ja, rufe ich, das ist die Instanz. Wähle aus.

ER
O ja, o je.

Er spannt alle Sinne an, um rasch zu sein und das Richtige zu greifen. Der Schweiß sprüht von der Stirn, der Atem fliegt durch die mächtige Brust, und die Finger fahren über die Lippen. Die Augen, halb aus den Höhlen tretend, starren auf die Spickzettel, die man plakatiert hat, und die vorsagenden Leuchtschriften.

Je mehr ich haben, machen, sein kann, souffliere ich, desto besser will es mir gehn!

ER
O ja, o je, je mehr.

Er greift nach Gertraudes Rock, die mit eisernem Gesicht auf der Balustrade steht, birgt den Kopf in den harten Falten und ... schluchzt, bebt jedenfalls ein bißchen ... und – Er ist mir mit einmal vollkommen gleichgültig. Ich schlage die MORGENPOST auf und lese ab:

Mach was dir beliebt,

wickle dich in Zeitungspapier, Schaber. Aber er lauscht dem Wort, das er aufschnappt, gierig nach, mit gespenstischem Blick die oberste Behörde hofierend – Gertraude!, denn sein Wahn ist jetzt komplett, und zischt mit verzerrtem Mund:

Aber was will ich?

Gertraude steht unbewegt; Gertraude, die ich plötzlich erkenne, und mir rieselt es den Rücken hinab.

ER
Was will ich eigentlich.

Er schaut es an, der Verrückte, das Amt; und ahnt nicht ihren Überfluß, ihr besonderes ... Angebot; er sieht das Amt nicht dergleichen tun, wie eine Heilige – und fragt erblaßt:

... Nehmen Sie mich?

– er, Gertraude auf der Brücke, die nichts dazu sagen kann; er hält sie am Saum, er umschlingt ihre Knie, Ratten unter ihren Sohlen, eine Gans wischt unter dem Rock davon; und ringt eine Weile mit der Unbeugsamen, bis er ihr glatt unterliegt auf dem rutschigen Trottoir,

Nehmen Sie mich?

In diesem Moment trifft die Sonne so glücklich das Haupt der Instanz, daß es umglänzt ist und, Schaber täuscht sich nicht, eine Fülle Reflexe zeigt, ein ganzes Mienenspiel. Er ruht auf den Knien und blinzelt dankbar nach oben.

Sehen Sie! sagt er, sehn Sie es, Kommandant?

Ich sehe alles: lache ich.

ER
Sie hat mich genommen. Ich bin dabei.

ICH
Mit einer Mark . . .

ER
Ein Glück.

Er erhebt sich, wie jeder Angestellte in der Morgenstunde, und salutiert verstohlen, zu allem Überfluß, und umarmt sie . . . (»Kehrt zurück. Umarmt euern Staat«, sagt hinten in der Türkei Herr Demirel den geflohenen Kurden) . . . die gußeiserne Macht.

ICH
Dabei sein ist alles.

Wie, sagt er ertappt. Er spuckt in die linke Spree. Dabei . . . ist alles den Bach hinunter. Schaum auf der Welle!

ICH
Du bist obenauf.

Er nimmt, wie alle Angestellten, den Spott als Befehl: und wischt sich über die Backen und den scheinbar besudelten Leib. Andere, zufällige Passanten kommen vorbei, ohne zu Gertraude aufzuschaun, und der ganze notwendige Verkehr rauscht ohnehin vorüber. Zur Arbeit, zum Dienst; ob man es nun positiv werten mag oder nicht. Schaber selber fällt befreit in seine Gewohnheit zurück, er beginnt jedenfalls, mitten im Weg, zu dozieren, ohne zu sagen, wohin er will.

ER
Es geht drunter und drüber. Wir erleben Welt ... geschliche. Alle bisherige ... sagt Marx, war die ... Gerichte

ICH
Geschichte.

Er hält zweifelnd inne, aber das Wort scheint ihm nicht zu schmecken:

ER
waren die Getische von Klassenkämpfen, aber Sieger war nie eine der mampfenden ... kämpfenden Klassen. Aus dem ... Mampf der Sklavenhalter und Sklaven gingen die Feudalherren hervor, im Mampf der Feudalherren und Bauern erstarkten die Bürger. Und

nun der Mampf der Kapitalisten und der Arbeiterklasse – warum sollten die Barbeiter die Sieger sein? Die Bearbeiter, die Manager sind die Sieger der Gerichte. Der Sozialismus war der erste Versuch, die Manager an die Macht zu bringen. Er ist gescheitert. Aber –

er weist uns von der Tafel, an der wir allzulange saßen –

auch dieser Glaube ist abgegessen. Es werden die Skinheads sein, die Autonomen, oder die Lumpen aus der 3. Welt.

Das ist nicht unglaublich, wenn man bedenkt, daß jetzt ganze Betriebe für einen Apfel und ein Ei zu haben sind. Einen Apfel kann jeder Landstreicher von einem Straßenbaum pflücken, eh er gefällt wird, und ein Ei ist rasch einem Huhn unter dem Hintern geklaut in einer verlassenen LPG. Es genügt die erwähnte Mark, für die man heute nichts mehr bekommt, es sei denn ein herrenloses Kombinat. Ein kluger Landstreicher kann sodann den Kindergarten aus seinem Besitze sondern und dem Land Sachsen-Anhalt veräußern für sage und schreibe 200000 Mark, womit man schon rechnen kann, was wir nie konnten. Hingegen jetzt muß man mit allem rechnen, gerade die Lumpen beherrschen die Wissenschaft.

ER
Die Geflichte …

ICH
Ist gut.

ER
Für Überraschungen.

Er hält vor seinem alten stabilen Dienstgebäude, das eine schutzsuchende Bank besetzt hat, oder ist es in der Treuhand? Schaber steigt bedenkenlos ein und schreitet in den Paternoster, der ihn wie ein bewegtes Katheder durch die Stockwerke trägt.

ER
Das Verschwinden des Volkseigentums.

Ist das das Thema?

ER
Ich nehme es an, mit Dank. Meine Herrn.

Da ihm sein Zimmer verschlossen ist, begnügt er sich mit dem mobilen Gelaß. Er sieht überlegen in die imaginäre Runde.

ER
Die Frage muß gestattet sein: wo ist es hingekommen? Es war nichts Geringes, es war überall vorhanden, es war die gewaltigste Firma. Der Boden, die Wälder und Gewässer, und die Gerätschaft der Werktätigen. Wo ist es?

Ich lache herzlich, daß es im Schacht schallt.

ER
Haben sie es vergraben? Versteckt, die Schelme? Wir sehn das Volk noch, aber ganz auseinandergeschrieben das Eigentum. Es steht auf einem anderen Blatt.

Schaber, der Verrückte: er hat nichts mehr zu verlieren. Aber was sagt die Kommission dazu, die Ewige Instanz!

ICH
Halt die Klappe.

Er bleibt im Aufzug, der hinuntergleitet in den Keller und wieder unter das Dach, und ich hüte mich, Schaber hinauszudrängen; so verteilt auf die Etagen mag der Sinn der Rede verborgen sein.

ER
Es ist uns abhandengekommen. Man hat es nicht festgehalten. Wir wußten nicht, was wir hatten. Wie ist das möglich? Es war Luft für uns. Licht und Leben, es wird uns nur einmal gegeben.

Einige Skins mit Schlips und Kragen haben sich, in den Korridoren, zu der Vorlesung eingefunden, und Schaber, auf- und abfahrend, redet nicht nur über, sondern auch unter die Köpfe hinweg. Daß in diesem Haus, wo der FORTSCHRITT gemacht wurde, jetzt der

Rückschritt gemakelt wird, mußte ihn vollends verwirren oder verklären. Er fährt nach oben fort:

Das wird ewig ein Rätsel bleiben. Oder wird man etwa nicht in Jahrhunderten fragen: wo ist es geblieben? Was ist geschehn? Welche Katastrophe hat sie auseinandergerissen? Gemein Besitz.

Auch Rom ist untergegangen. Die *ewige Stadt.*

Aber was für Ruinen! sagt die Ewige Instanz.

Die Treuhand der Barbaren.

Er hört nicht die Zwischenrufe, er ist in Fahrt und diktiert laut aus dem Lehrstuhl heraus:

Gemein Besitz! Gemein Besitz!

Da bringt jene Hand den Paternoster zum Stehn, und wir sehen sie vor uns versammelt, die gefährlichen Glatzen. Schaber schaut, mit schrägem Kopf, zur Kommission zurück bzw. zum Kommandanten, der ich mich aber in düsteres Schweigen hülle: während er jetzt, mit so verrenktem Hals, hinausmarschiert und, ich glaube meinen Augen nicht zu trauen, mit der ganzen Wendung desselben der Lage ansichtig wird. Unsereinem hätte es die Luftröhre zugedrückt, er aber vermag volltönend fortzusetzen. Es ist wahr, er hatte sich oft die Lehrmeinung im Mund herumgedreht, aber nie um 180 Grad; er *erlebt* die glücklichste Verwandlung, die Sensation selbstloser Sinnesänderung. – Er bestätigt unbeirrt das Thema:

Frau Breuel, meine Herren. Es ist ein Gemeinplatz. Zu groß für unsere Fassungskraft. Wir finden uns darauf nicht wieder . . . Alle die vielen, es war nicht ihrs. Sie machten sich nichts daraus. Sie haben es nicht besessen.

ICH
Das ist die Wahrheit.

Er tritt souverän in die Behörde:

Ich kann es beweisen. Kein Mensch läßt sich nehmen, was er hat. Nur ein Idiot verzichtet auf sein Eigentum. Der normale Mensch strebt nach Gewinn. Das *Volk* ist verrückt: man hat es angeführt. Es will, wie gesagt, betrogen sein. Das ist das Thema, das uns hier beschäftigt. Dessen Ausführung das Hohe Haus angelegentlich beschäftigt. Die Beschäftigung, deren sich seine kahlen Mitarbeiter bemächtigt haben.

Der Referent hat genug gesagt; sein vorein-, das vorausgenommene Publikum rückt geräuschvoll von ihm ab, es fehlt nur, daß die Schnappmesser klicken. Schaber ist mit der Resonanz zufrieden, in so vertraulichem Ton ist hier nie und nimmer gesprochen worden; er ist selbständig geworden, und ich verwaise in dem Dialog. Er sagt nicht zu mir:

Ich wünsche Ihnen Glück bei der Arbeit zum Wohle ...

(er verschluckt ein dummes Wort)

... zum Wohle des einen.

Als der er sich sichtlich fühlt – er geht zu den anderen, um ihnen die Hand zu schütteln, bis er an den falschen kommt; und die Bande ihn, schneller als er gewohnt ist, an den Ausgang bringt, und als ich in meinem vorsichtigen Stil folge, sehe ich ihn rücklings in den Rosenrabatten hängen.

ICH
Na, alles wieder eingerenkt?

Ich fasse ihn um den Hals, der locker und lose ist, sein Kopf kippt entspannt nach vorn, und irgend etwas schüttelt unsere Körper, eine kinderleichte Regung. Er ist nicht bei Trost ... er sieht drein wie auf Rosen gebettet.

ER (mit singender Stimme:)
Am Grunde der Moldau da wandern die Steine, die Nacht hat zwölf Stunden, dann kommt schon der Tag.

Was immer er sagen will, es sind keine zu-, keine rechnungsfähigen Worte. Die Nacht ist kürzer, und wer etwas erleben will, macht die Nacht zum Tag.

(Aber das Reimwort ist verläßlich, aller unserer Verse seit 68: PRAG, und Schaber hatte es mir herausgestrichen, doppeldeutige Anstalt: *herausgestrichen*.)

Er ist schon wieder auf dem Damm, und ich winke einem Taxi, um ihn aus dem Zentrum der Ereignisse zu bringen, wo er *zum Erleben verurteilt* ist – Ereignisse, die *eigentlich Nebenprodukt sind*! wie alle Literatur, die zum Erlebnis wird . . . und mache eine verschwommene Angabe über das Ziel.

DER FAHRER
Bedaure. Ick fahre Hellersdorf.

Der Ton duldet keinen Widerspruch, und Schaber willigt schweigend in die Dienstfahrt. Dort mochte es heller sein, zwischen den Neubauten, kommunale Wohnungen, die auf Heller und Pfennig – Heller, sage ich, denn die Sonne steht im Zenit. Da wir uns, übernächtigt, zu keiner munteren Auskunft herablassen, hält der Fuhrmann nach Gutdünken an, brüsk aber ironisch, wie es berliner Art ist; am Asylantenheim. Die Gegend verspricht Abenteuer, ich sehe prüfend umher.

DER FAHRER
Wenn det ihrs nich wißt, hier sacht man euch, wo et langjeht. Aber auf deutsch.

Er hält uns für Kanaken, und Schaber entläßt ihn, mit dem deutschen Gruß. Er genießt es, etwas Besseres zu sein.

ER
Wir haben es uns nicht ausgesucht. Jetzt finden wir uns drein.

ICH
Eh daß wir draußen bleiben.

Wir betrachten die dunklen und gelblichen Wesen, die auf der Grünfläche haften, malerische Familien auf der Flucht, und ich weiß mich angekommen.

ER
Die Wahrnehmung der Gegensätzlichkeit beschränkt sich auf persönliches Befremden, man hat Antipathien. Es soll, heißt das, jeder nach seiner Fasson selig werden.

ICH
In seinem Karton.

Ich spiele wie immer auf etwas an, das herumliegt, den wasserdichten Schlafkarton des rotterdamer Wohnungsbaus. Er kann zu einem kleinen Paket gefaltet werden, geöffnet hat er ein längliches Aussehn und erlaubt dem Bewohner, ausgestreckt zu liegen. Er soll einen Monat haltbar sein, wie unsere Miete. Man räumt in Rotterdam ein, daß damit das Problem der Dachlosen

ER
Obdachlose. Man riecht es.

ICH
Ruhe im Karton!

ER
Sie scheißen dir vors Haus.

Schaber lächelt erhaben, die Gegensätzlichkeit erfreut ihn; er kommt damit zurecht. Das ist eine leichte Aufgabe. Aber es gruppieren sich jetzt andere Kräfte, die sich wie wir unterhalten wollen. Adrette, drahtige Leute.

ER
Ein Jugendklub.

ICH
Er ist geschlossen.

ER
Er kommt geschlossen. Zum Baseball, Schiri.

Ich bewundere seinen Einfaltsreichtum, und er schließt sich der Mannschaft an, die sich dem Wegelager nähert.

ER
»Obdachlose – die vergessene Zielgruppe«.

Er kickt eine leere Bierbüchse in ihre Richtung. Die Sportler, mit ihrem langen Holz, beginnen gleichfalls, das Vorfeld zu säubern.

Halt, Schaber, sage ich, du bist nicht aufgestellt. Komm vom Rasen.

ER
Ich bin angestellt.

ICH
Du kennst das Spiel nicht. Du läufst Gefahr –

ER
Und ob ich es kenne. Aus dem FF.

Funk und Fernsehen, er ist vorbereitet, oder verspielt gesagt: gewaltbereit, er erwartet einen gewaltigen Spaß. Die fremde Equipe hat sich in den Plattenbau geflüchtet, die unsere sammelt sich im Strafraum. Ich

Was ist der Taifun an Schrecken gegen den Menschen, wenn er seinen Spaß haben will. Bertolt Brecht.

Man versteht die eigene Stimme nicht; ich laufe auf Schaber zu, der, vor dem Schiri, den Stein fallen läßt, den er zu werfen imstande wäre ... den ich energisch vom Boden hebe und ihm zeige.

ER
Die rote Karte, wie.

ICH
Ein Ziegelstein!

ER
O wei.

Er wendet sich, in der bekannten Weise, wie um mir die Rückennummer zu zeigen, und ohne also das Haupt zu drehn – das er senkt auf die Stelle, in die sein Fuß tritt.

ER
Scheiße, Schiri.

Ich schicke ihn auf die Bank, die der Fanklub herbeigeschafft hat, Ureinwohner des Neubaugebiets, die den Film kommentieren.

(Thierse: »Wir Ostdeutschen müssen erst langsam lernen, mit Asylanten und Ausländern umzugehen.« Gysi: »Was muß ich denn lernen, um zu wissen, daß man Mitbürger nicht anzündet?« Parteistandpunkte; da hat man das linke Spektrum. Der rostocker Einsatzleiter Deckert auf die Frage, warum er seine zwei

Hundertschaften vor dem Brandanschlag zurückzog: »aus fürsorglicher Pflicht für die Beamten«, er habe ihre Gesundheit gegen die Sicherheit der Asiaten »abgewogen«.)

Schwerwiegende Argumente; Schaber applaudiert (die Gutachter hinter den Gardinen) und trampelt ein wenig mit den Füßen, im dünnen Gras, wischt sie hin und her . . . Es fehlt ihm etwas, das saubere Gefühl für die Situation . . . das Hochgefühl, wenn er an sich herabblickt, während sich heute hier nichts ereignet. Er hat seine eigene Vorstellung.

ER
An der Vorstellung, daß jeder alles haben kann, orientieren sich sogar die, denen alles fehlt.

ICH
Das setzt sie in Bewegung.

ER
In ihrer blühenden Landschaft. Sie verlassen sie. Ihre schönen Küsten!

Er scheint die Füße ins Wasser zu hängen, träumerisch:

Sie laufen in ihr Unglück. Sie treten . . . hinein. In unsere dreckige Welt.

Die Ansässigen riechen jetzt etwas und sehn ihn befremdet an, abstoßende Mienen, er meint, nicht dazuzugehören ... bei den Stinknormalen ... ertappt zu sein. Diese Taxifahrer würden ihn identifizieren, aber als was? Schaber weiß jetzt durchaus nicht, wer hier die Fremden sind, aber er hat es zu sagen, und rät nicht lange, er ruft uns zu:

Heisa, ihr Asylanten. Ihr Ausländer!

Die Hellersdorfer hören sich das an,

Gesindel! Gesocks!

und müßten heller sein, um darauf Worte zu finden; sie haben nur eine Antwort so geschwind, und Schaber ahnt es, er spürt die Gefahr, die Lebensgefahr!

ER
Hellas verrecke.

Er breitet die Arme, um der Gefahr eine große Fläche zu bieten, und erwartet glücklich den Angriff, als er erkannt wird,

DER FAHRER
Laßt den Idioten. (Auf deutsch:) Da jeht et lang!

– als einer von uns, der es erleben will, der danach giert. Er fragt:

Wo lang?

Das Volk weiß es, am Arsch vorbei, und ich könnte sitzen bleiben, wenn Schaber nicht, verächtlich, in die andere Richtung liefe, weil er verdreht ist.

ER
Man muß ihnen zeigen, wer wir sind, elende Hunde.

Die Wendung, die ich erwartete, und mich trotzdestonichts betört ... ich fasse ihn hart am Arm, und er hetzt vergnügt ins Freie. Ein Stoppelfeld. Hier will ich mich, endlich, befreien; ich benutze den Exkurs, um mich zu distanzieren und den Verrückten loszuwerden.

»Frei ist der Mensch, der um seiner selbst willen, nicht um eines anderen ist«, lüge ich wie Aristoteles.

Er mißversteht mein Bedürfnis und sagt ganz richtig mit Hegel:

Das Bedürfnis der Philosophie kommt aus der Zerrüttung des Zeitalters, wenn die Macht der Vereinigung aus dem Leben der Menschen verschwindet und die Gegensätze ihre Wechselwirkung verlieren.

ICH
Das rein einzelne Tun und Treiben des Individuums

bezieht sich auf die Bedürfnisse, welche es als Naturwesen, d.h. als seiende Einzelheit hat!

ER
Es gehört dem Denken, daß Ich als allgemeine Person aufgefaßt werde, worin Alle identisch sind.

(Er besteht auf dem § 209, der Rechtsphilosophie, vollkommener Zurechnungsfähigkeit!) Ich zitiere zynisch:

Frei ist, wer bei sich selber ist.

Und er, einlenkend, als gelte es, in Berlin die Rede zum Antritt des Lehramts zu halten:

Wie der Mensch die Welt anblickt, so sie ihn ... und insofern er sie vernünftig anblickt, gestaltet sie für ihn sich vernünftig.

Wir reden aneinander vorbei, an der Welt vorbei, nämlich dem preußischen Acker, auf dem ich nun einen Haken schlage:

Ich sprach von meinen Bedürfnissen als seiende Einzelheit, Schaber. Daß selbst diese meine gemeinsten Funktionen nicht zunichte werden, sondern Wirklichkeit haben, geschieht durch das allgemeine erhaltende Medium, durch die Macht des ganzen Volks.

Er sieht mir offnen Mundes nach, als dämmerte es wieder, aber ich bin in Wirklichkeit weit von ihm entfernt und kann mich mit mir selbst unterhalten.

ICH
Ein anderes Thema. – Ein altes Thema. – Das bleibende Thema, so weit ich sehe. – Nicht weit! Die Vernunft . . . – Wir können es wechseln, wir haben Geld. – Es bleibt sich gleich. – »Hoffnungen kaufe ich nicht.« Terenz. – Sie werden verschenkt . . . – Sagen wir: sie verlieren sich. – Wer über gewisse Dinge den Verstand nicht verliert, hat keinen zu verlieren. – Gewisse Dinge, ha . . . das ist Erde, Acker, Schlamm. – Das seh ich wohl.

Ich starre zärtlich auf das Feld und stapfe darüber und rede, ». . . ein Ruder im Wasser, das andere streift den Sand«.

Der Acker der Geschichte. Er liegt brach. – Das *Neuland.* – Öde, verlassen. Abgewrackte Fabriken. – Daß die Giftbuden dichtmachen, kann ich nur als Glück begreifen. Es war nicht zu hoffen! – Arbeitslose, atmet auf. – Das Land ist erleichtert . . . der Boden, die Wiesen, der Wald. – Nur der Mensch hats schwer. – Die Dotterblumen. Das Bilsenkraut. Sie überleben! – Wir haben verloren. Das *letzte Gefecht.* – Ein glorreiches Feld. – Ich rede von diesem Acker. – Gewiß, von den Dingen, ha . . . Die großen Pläne, auf die der Regen rennt. – Der Stampfbeton. – Wir sind gescheitert, hurrah. – KOMM ÄHREN STOPPELN IM STAATSEMBLEM. – WO IST DER MORGEN, DEN WIR GESTERN SAHN. – Überrannt, von stärkeren Betaillonen. – Eingerollt. – Hier ist nichts zu retten. Hier führt kein Weg vorbei. – An der Erkenntnis ... daß wir im Dustern stehn. – Es ist der Vorschein ... der Finsternis. Wir eilen voran. – Du redest irre. – An der vordersten Front ... der Verzweiflung. – *Eine Epoche voraus.* – Wie gesagt. Wir erleben es schon, was uns blüht. Wir können es kosten. Wir schmecken – Die Zukunft. – Das Scheitern ... den Sieg der Vernunft. – Du bist verrückt, vollkommen verrückt. – Der Wahnsinn kann nicht weitergehn. – Der Klügere, meinst du, gibt nach. – Der Schwächere ... geht vor. Der Weltgeist zufuße. – Hellsichtiger Schwachsinn! Kleinmütige Größe! – O Sorgenfrühe. Lust des Besinnens. – Des Innehaltens heiterer Tag! – Dann sind wir ... die Vorhut des Nachsehns. – Die Avantgarde der Niederlage. – Die ruhmreich Verarmten. – Die mit vorauseilendem Gehorsam ... verweilender Sparsamkeit ... verspeistem Gewahrsam ... das böse Beispiel geben ... zugutererst? – Trotzdestonichts! Trotzdestonichts!

Halt inne, sag ich, nicht weiter. Wenn ich dir folgen soll, dummer Mensch. Geh auf das Feld. Die Dotterblumen. Die Quecken. Tritt sachte auf! Besinn dich!

Ich stehe am Ende des Ackers, ein verwilderter Rain,

und da ich abwesend bin, ist es mir recht, auf einen zufälligen Passanten zu stoßen, um mit ihm mich zu unterhalten; Schaber, er schreitet mit schrägem Blick zurück vorbei.

ICH
Da finde ich dich . . . mit dir beschäftigt.

ER
Ich wüßte nicht, mit mir?

ICH
Du sprachst nicht vor dich hin?

(Hinter sich, natürlich, indem sein Kopf verkehrt ist.)

ER
Ich sprach euch an. In meinem Job.

Er macht einen schweren Schritt vor mich hin:

Das ist jetzt meiner.

ICH
Und was wäre der?

ER
Ich bin Straßenhändler . . . Propagandist.

ICH
So nennt ihr euch?

ER
Nun jetzt, nun ja. Hieß es nicht immer so?

Ich lache sachte: So bist du zu dir selbst gekommen.

ER
Das ist nicht das Problem. Man muß zu uns kommen.

ICH
Und sich überzeugen lassen . . . von der Sache.

ER
Von den Sachen . . . Tretet nur heran.

Er hält mich für eine Menge, die er vor sich sieht, während ich nichts sehe, was er zu verkaufen hätte.

ICH
Was für Artikel?

ER
Darauf kommt es nicht an, ungeschriebene oder geschriebene, jedenfalls billige Artikel. Echter Plunder.

Er fährt mit den Händen über seinen Ladentisch:

Wir wollen nur euer Bestes, euer Geld.

ICH
Das ist ehrlich gesprochen.

ER
Seht ihr, so ist es doch ein Fortschritt.

ICH
Wenn man ihn nur empfindet.

Niemand außer mir ist so empfindlich, wir sind hier unser eigenes Publikum; »aber was kommt bei uns an?«

Jetzt brauchen wir nur noch Leute, viele Leute,

sagt er in originalem Ton, zu der unechten Menge, und ich darf mit dem seinen reden:

Sie wollen zu ihrem Glück gezwungen sein.

ER
Suggestion ist keine Lüge, wenn sie geglaubt wird. Sie ist der Service.

Er hat sein Lehrbuch ausgelesen, nur ich nehme es nicht ernst:

Man findet umso mehr ... Dumme, je weniger man sucht.

ER
Das galt es zu begreifen, bei der ganzen Propaganda.

ICH
Bei der unbegreiflichen Propaganda.

ER
Man muß sich nicht auf die Straße stellen, mit seinem Programm. Es muß ein Geheimnis bleiben. Wen lockst du sonst an?

Er verfällt in das monotone Rufen eines nicht gut aufgelegten (und nicht erst angereisten) Kollegen:

An schlechten Tagen leiert man seinen Text herunter, man überlegt nicht groß und hat selbst keinen Spaß daran. Man muß aber – Man muß aber etwas vermitteln, es muß etwas rüberkommen, es muß eine Offenbarung sein!

Er hat die Stimme gewechselt, ein spitzes Küchenmesser, und ich schärfe es:

Da mußt du predigen.

ER
Es muß etwas Heiliges sein.

ICH
Das reine Geschäft.

Wir aber, sagt er dunkel, Kundschafter waren wir, keine Kundschaft.

ICH
Jetzt sind wir Kunden ohne Kunde.

ER
Du meinst, wir brauchen die Weisheit

– er verliert den Satz, ohne mit der Wimper zu zukken:

die Verwaistheit der Massen.

Ich verliere die Geduld mit mir und habe wieder das Bedürfnis . . . mich wegzuwenden, nein, ich gestehe es . . . die schreckliche Versuchung, den Hals zu verdrehen und frech in die verkehrte Richtung zu blicken!

Wo ist dein Problem,

fragt er, ohne uns anzusehen.

ICH
Mein Problem?

ER
Werde dir klar darüber. Mach es dir bewußt. Dann sag ich dir die Richtung, in der die Lösung liegt.

Jetzt spüre ich ein heftiges Rucken in meinem Genick, vom unterdrückten Gelächter verursacht; aber es ist das alte *Lachen nach vorn*, das, nach außen hin, einem Kopfnicken gleichsah.

ER
Ihr wißt nicht weiter. Ihr habt die Orientierung verloren. Hahaha. Das ist das Problem der Welt.

Schaber sagt es jovial, von oben herab, so daß ich unwillkürlich auf den einstmaligen Abstand geh.

Ich stimme Ihnen zu.

Sie haben das Problem, wir haben die Lösung,

repetiert er selbstironisch,

es ist das bessere Produkt, das die Probleme löst.

Ah, der *Propagandist* . . . ich habe fast vergessen, wer vor mir steht, oder mich zu sehr erinnert; er ist für den Beruf geschaffen.

ER
Nicht die Idee, lieber Kunde, praktische Dinge, erschwingliche. Das ist, was ihr braucht. Da gehen euch die Augen auf. Man muß es anfassen können. Lieber die Taube in der Hand als Spatzen im Hirn. Da –

er ergreift einen nie gesehenen Gegenstand:

den man verwenden, den man hin und her wenden kann.

ICH
Ein opportunistisches Ding.

ER
»Der Opportunismus ist ein Menschenrecht.«

ICH
Das nenne ich eine kühne Wendung.

ER
Eine feige, was sonst. Eine menschliche. Eine vernünftige. Bediene dich,

er zeigt in den Laden,

bedien dich der Worte. Sie haben neuen Glanz.

ICH
Sie sind verkehrt, verkehrt!

Er nickt, vollkommen einverstanden:

Mit Notwendigkeit!

Wir saßen in Kimonos über Los Angeles und vergaßen die Welt . . . der Autostaus and so on. Aber einer machte den Fehler, ich, vom Geld zu sprechen, kostenlosen Verkehrsmitteln oder Gelagen. Schnaufer, ein Mann meines Alters und Ortes, hier eingewachsen, übernahm das Wort. Der Kommunismus ist moralisch überlegen, aber praktisch darunter. Dem Buchstaben nach eine Wohltat, in der Tat ein Verbrechen. Lieber eine ungerechte, aber bessere Welt. Und er zog seine Schrift aus dem Brustsack mit dem glänzenden Titel: *Pragmatischer Humanismus*.

ER
Die Notwendigkeit ist die Einsicht in die Freiheit.

ICH
Und dementsprechendes Wandeln.

Er fixiert die gelehrigen Kunden, durch die gespreizten Finger:

Ich kenne euch kritische Geister. Ihr seid durchschaut. Ihr seid dieselben geblieben.

Er läßt uns, der Irre, eine unkontrollierte Grimasse sehn, sein amtliches Grinsen:

Die Abweichler, von der Wirklichkeit. Die unverbesserlichen . . . Weltvergesserer. Die Anderskennenden!

ICH
Nichtsandersdenkenden!

ER
Ihr wollt das Unrecht . . . bedämpfen, ich will es ehrlicherweise leben.

ICH
Erleben.

ER
Genießen. Bis zum Überdruß. Es muß uns vergehn.

ICH
Ergetzende Elemente!

ER
Elementare Gelassenheiten.

ICH
Ihr Mampfgefährten all.

Er endet die Aussprache strenge:

Man muß den Braten riechen, statt ihn zu zerreden.

Das ist die Losung auch anderer Landleute; es ist Spargelzeit, und die Spargelstecher haben sich ringsum in den Furchen aufgestellt. Jetzt, frühmorgens oder nachmittags – das sind die Zeiten –, gehen sie an die Arbeit, während wir uns unterhalten und die Jahreszeit vergessen, ja die Epoche.

ICH
Hast du eine Ahnung, wie spät es ist?

ER
Oh, wir liegen gut in der Zeit.

Sandiger Boden, die Dämme sind hoch, der Spargel sensibel, die polnischen Kohorten stechen ihn erbarmungslos aus und breiten ihn in die Körbe. Der deutsche Fachmann und Investor ruft zu uns herüber:

Nu, kommt ihr kaufen?

Das ist ein Gedanke.

DER FACHMANN (lacht:)
Der Spargel ist keine Ware, sondern eine Philosophie.

Schaber das hören, und er ist zu dem Geschäft bereit. Die lang Entbehrte – Ware oder nicht – läßt seine Augen wieder leuchten.

ER
Hier kriegst du das Feinste. Das höchste der Gefühle. Das Wahre!

Er nimmt zwei Stangen in die Hand und hält sie wie ein Wunderding, oder einen Zauberstab ... Das Ding an sich? oder die Schlegel seiner Trommel, die einen wahren Wirbel machen.

Propaganda! sage ich.

ER
Unsere Lehre ist allmächtig, weil sie gar ist.

ICH
Butterweich.

ER
Bekömmlich.

Er drückt eine Spargelspitze mit den Fingerkuppen:

Das ist das Beste. Weltspitze, die Spitze der Wissenschaft.

Damit wird er nicht unrecht haben. Und wirklich ist der dünne Suppenspargel, geschnitten, gewässert, nicht zu sehr gesalzen, die zarteste Versuchung. Aber ich sage wahrheitsgemäß:

Ich mache mir nichts daraus.

Dieser unphilosophische Standpunkt bestürzt ihn – so daß er vermeint, noch einmal geprüft zu werden.

ER
Es ist eine Wende im Spargelanbau. Die Gerichte ... muß Wendungen machen. Wechsel der Zeiten, Kochbuch des Volkes.

Hoffnung, flüstere ich dem Prüfling zu.

ER
Ah, die habe ich. Ein Buch der Hoffnung ... rede ich voll.

ICH
Zwei Seiten ... gebe ich dir noch.

Er konzentriert sich, er sieht den Protokollanten an:

Es ist etwas Verrücktes, ja, Fantastisches, sich etwas daraus zu machen. Etwas anzufangen, mit seinen Sinnen. Aufzuwachen, aus der Lebensstarre. Zu lachen!

Ich schweige.

ER
Eine neue Erfahrung, die dir die Läden öffnet. Du schaust hinaus. Welche Lust, das Strömen in deinen Gliedern. Jetzt fühlst du dich selbst. Es ist wie ein Fest, das du nur selber feierst. Der Hingabe an die eigene Kraft.

Mein harmloser Satz, mein dummer Satz hat eine Festschrift verursacht und kann, in seiner Dummheit, ein ganzes Denksystem generieren.

ER
Es ist alles möglich ... Das ist die wahre, gefährliche Wahrheit, die dich erledigt und Lügen straft, die dich belebt. Nichts bleibt wie es ist. Lebe, verlier den Verstand.

Ich habe zu schweigen.

ER
Du bist verloren, aber du lebst. Du machst dir etwas daraus. Etwas andres ... als du träumtest. Als wir bisher hörten! »Wer Ohren hat zu sehen der wird schmecken.« Nimm dir das Leben neu.

O mein einfallsloser Satz, eines Kostverächters, der nun auf den Geschmack kommt ... Ich schweige beschämt, und überlege künftig, was ich daherrede oder dort hin.

ER
Das ist die eine Seite. Wenden wir die andere um ... die Welt. Du bist nicht von dieser Welt. Die Welt ist in Aufruhr, in ungeahnter Bewegung. Du kommst nicht mit.

Er sagt es ganz klar.

Das ist wie es ist, aber du kannst etwas daraus machen. Laß sie, die Rasende. Behaupte dich nicht, behaupte nicht so etwas. Dein Leben, das niemand führen, das niemand will!

Er rauft sich die Haare, er ist verrückt ... aber nicht dumm.

Entscheide es selbst, verschenk es, setze es aus. Dein eigenes freies Dasein: das heute beginnt. IN MEINE HÄNDE BEFEHL ICH MEINEN GEIST. Der die Welt verhändert.

Ich kann ihn nicht mehr verrückt nennen.

Öffne dich, sagt er, sei wendig, verwegen. Mach dich davon. Verwandle dich, in ein mögliches Wesen, ein Weib, einen Morgenstreif. Wende dich an. Verwende dich an alle.

Ich höre atemlos zu und staune über die produktive Kraft seiner Wendung, den ausschweifenden Sinneswandel. Er redet wie der Prophet, der, wo er hätte fluchen sollen, segnete, und ich schmecke meine, meine verschenkte ... meine entscheidende Existenz.

Jetzt sind wir drin!

sagt er in seinem Rausch,

wie kommen wir wieder heraus? Es muß ja nicht die letzte Wende sein.

Jetzt, im Mai, am Wochenende, zeitgleich mit der Niederschrift des Protokolls, hat sich unweit eine lange Schlange gebildet – Spargel kauft man am frischesten, wo er wächst; und Schaber lugt froh über die Hügelbeete.

ER
Die Welt wird schöner mit jedem Tag.

Er horcht auf das nahe Gemurmel:

Man weiß nicht, was noch werden mag.

ICH
Das Blühen will nicht enden.

Er lacht verständig, er holt tief Luft und singt gellend das Lied heraus:

Die Welt wird schöner mit jedem Tag
Man weiß nicht, was noch werden mag
Das Blühen will nicht enden.
Es blüht das fernste, tiefste Tal;
Nun, armes Herz, vergiß der Qual!
Nun muß sich alles –

und jetzt, jetzt falle ich ein und schreie mit:

Nun muß sich alles
Nun muß sich alles, alles wenden.

Überzeugt, hier den dankbarsten Kunden und besten Propagandisten gefunden zu haben, stellt der Spargelbauer vor Schaber seine Stiegen ab und eröffnet den Verkauf. Die Warteschlange, ungewohnt des planlosen Unrechts, stürzt an den neuen Stand und überrennt uns, rennt uns über den Haufen; und sittlich außerstande, die alte Reihe aufzubauen, drängt sie sich auf der Stelle, auf der wir liegen. Schaber erlebt das Interesse, den Drang, die Bewegung, und so sehr es ihn zertritt, begeistert ihn das Ereignis. Ich krieche zwischen die auseinandergeworfenen Kisten.

ICH
Wie fühlen Sie sich?

ER
Besserschlechter oder als.

ICH
Das sehe ich.

Er lacht: Wenigerdestonichts.

Lieber aber besser weniger, sage ich leninistisch.

Er schweigt eine Weile ernst, sieht die zertrampelte Ware und versetzt:

Aber, wenn es alle ... erleben wollten, würde die Erde untergehn.

Er macht ein tapfres Gesicht, stiert fröhlich hinter sich, vor allem aber scheint er keine Angst mehr zu haben, wie man ihn bewerten mag. Er kann nun bedenkenlos leben, und ich sage es ihm auf den Kopf zu:

Sie sind recht mitgenommen.

ER
Hergenommen, angenommen, Herr.

ICH
Es ist ein Elend mit dir.

ER
Nein, die Elenden sind nicht wir, nicht die Freigesetzten und Kurzarbeiter, sondern die Langweiler. Sie wissen es, Herr Literat.

ICH
Ich fürchte es.

ER
Also. Red keine Romane, laß uns leben.

Oder sollte das mein Motto sein, denke ich.

ER
Mach es wie ich: Du hast keine Chance, aber nutze sie.

ICH
Das ist noch besser.

ER
Nicht wahr? Es macht keinen Sinn. Aber Spaß.

ICH
Gewaltigen Spaß.

ER
So können wir mit dem ... Unterhalt ... zufrieden sein?

Mit dem Ertrag ... der Unterhaltung, o nein; aber das Vergnügen einer Jagd ist ja allzeit, sagt Lessing, unendlich mehr wert als die Beute.

Nun, wie befinden Sie? fragt er ungeduldig.

ICH
»Ich zweifle und prüfe.«

ER
Mich, ich weiß, ich habe es nicht vergessen.

ICH
Du irrst. Nicht dich ...

ER
Was sagen Sie.

Wenigerdestonichts, erwidere ich gelassen.

III

Die Fußgängerzone

Schlich und Häme. Eigener Bericht

Das erste, was Schlich beobachtet, ist ein Pappschild mit der Aufschrift LINKS GEGEN OBEN, das ihn, verquer unter rohen Armen schlappend, irritiert, wo ist oben, was ist links, und wie soll er sich in dem Diagramm postieren? Er steigt mit dem Pulk aus dem U-Bahn-Schacht, Demonstranten (so darf er die Erscheinung nennen), vor ihm nun links oben eine Tafel: VOLKSAUGE – SEI WACHSAM, die ihn wie zur Ironie begleitet; ein großes holzschnitthaftes Auge; er hält sich, im zunehmenden Gedränge, dicht darunter, seinerseits die Augen zugekniffen. Ruhige harte Schritte, nur der stumme Text über den Köpfen. Schlich überlegt, wie er ihn notieren kann in seinem fliegenden Innern; schon entrollt sich eine neue Losung an den Stangen, WIR BLEIBEN HIER, anmaßendes Drohen. Es hat also Zeit; hier in der Menge schlurft die Ewigkeit.
Eilig hat es Häme, der aus dem Taxi steigt mit wehendem Mantel und Schal, er geht am Stock, halbblind läßt er sich führen durch das Gewühl. Er strebt auf die verhaßte Tribüne zu, die heute ihm gehört, ein kleines provisorisches Bauwerk ohne Tradition, auf einem Pritschenwagen. Er wirft den Blick hinauf und lehnt das Haupt an die Stiegen.
Die Menge, die sich erst bewegen will, nimmt die breite Straße. Fast keine Angst, berauscht von ihrer Zahl. Sie biegt um den Palast, der ihr großes Antlitz

spiegelt. Sie hat es nie gesehn, sie grinst, sie sieht sich satt. Sie strömt erholt auf den Platz.
Schlich lungert am Gerüst, vor dem sich die blassen Redner sammeln. Sie begrüßen sich beklommen, den Rücken zur Menge gekehrt, wie Kandidaten, auf die eine schreckliche Prüfung wartet. Schlich ist unerkannt, er ordnet, er prüft die Gesichter. Er kontrolliert das Geschehen, das außer Kontrolle ist! KEINE GEWALT.
Er sieht das irre Schild, oder genau berichtet: das Schild irrerweise in den Händen des »Meistersingers« (der, Schlich allein weiß es, das Privileg hat *mitzuarbeiten* an seiner Überwachung, selbst zu sagen, was man von ihm hören soll, eine Form des Respekts, den die Unterdrückung annahm). Man winkt sich verstohlen zu und bestätigt sich zynisch sein Dasein . . . Das Schild eine plumpe Regieanweisung für die sagenhafte Szene, in der alle sagen / alle hören werden, was sie wollen. Niegesehener *Vorgang*!
Schlich liest, Schlich sichtet die sich verdichtende Mitteilung, herangetragen aus den Schächten und Seitenstraßen, aber wer wagt das auszuwerten, wer faßt es zusammen? Häme wird es tun, oder Schaber? Den er jetzt an der Tribüne entdeckt, sein bleiches verzerrtes Zeitungsbild, die heraustretenden Augen beim Anblick des Chaos . . . des unermeßlichen . . . Ziels. Schlich von stummem Lachen geschüttelt, die Lippen aufeinanderbeißend, *nimmt Notiz von ihm.* Und wie federführend faßt er Häme nun und schiebt ihn auf die Stiegen.

Hat Meister es gesehn, was wird er sagen?
(»Schlich selbst stieß Häme ans Mikrofon, hielt es ihm vor den Mund und zischte: Rede, Mensch. Das war der Rausch der Freiheit. Schlich applaudierte.«)
Häme spricht, es bedarf der Aufforderung nicht, er reckt das Kinn in den Wind und hebt die Arme über die Menge. Er hat Schlich nicht bemerkt, wer ist Schlich? Häme zieht das Blatt dicht vor die Augen, liest einen Satz, läßt es zur Seite gleiten flügelleicht, sein massiger Körper fliegt.
Jetzt reißt es Schlich, er sieht grimmig zu, er kennt den alten Text. Längst notiert! Mir wohl bekannt, frohlockt er: und blickt eifersüchtig auf die Vielen. Jetzt ist es *öffentlich*, die ganze Menge teilt sich das Geheimnis. Was bleibt nun davon? Nur Schlich bleibt, notgedrungen, nur sein Schatten, auf den Häme zeigt.
Die Menge steht atemlos, sie will das fressen, es ist ihr Brot. Die Wahrheit, die Gerechtigkeit! Sie giert nach dem bitteren Wort.
Der Schatten an Häme geschmiegt, und Häme im hellen Licht. Im offenen wirklich, im möglichen Leben. Er ist alt genug, es zu sehn! Da strömt es zusammen. Sein Herz will es mit unendlicher Kindlichkeit.
MS an einen Mast gedrückt, über ihm keine Fahne. In ihm keine Freude, er glaubt kein Wort. Häme schnürt ihm die Kehle zu. Schlich sucht seinen leeren Blick und weiß was er denkt. Zu schön um wahr zu sein. Zu wahr um schön zu sein. Das kann ein Blinder mit dem Krückstock sehn. In den Lagerstraßen der Utopien.

Wir haben solche Träume, aus denen man Beton macht.
Begriffen, Freund, flüstert Schlich, erfaßt! Aber was weißt nun du, in dieser großen Behörde? In der Öffentlichkeit. Nichts hast du zu melden, Meister, und zerreibst deine Zettel und leckst dir verlegen die Pfoten. Keine Verheißung im Handgelenk, kein *geheimer Gedanke.* Was wollen wir mehr?
Während Häme, vom Jubel umloht, von der Bühne tappt, kalkweiß das Haupt, er wankt, er greift grob nach einem Arm. Auf dem kalten Pflaster liegt er zufrieden, eine Macht; Schlich duckt sich heran und nimmt ihm das Skriptum aus der teigigen Hand, und Häme wird behende zum Wagen getragen.
(»Häme hielt sich an Schlich, er umarmte ihn, er sah nur sein *menschliches Antlitz*!«)
Aber aufgemerkt, MS spricht. Er liest ein fremdes Blatt, Schlich kennt es nicht, ein geborgter Ton. Weit hergeholt, Poesie aus der Zukunft, wie. Lohn und Arbeit, Kampf und Streik. Die Menge will es nicht hören, sie murrt, sie haßt diese Fantasien. Schlich atmet wie eine Ratte pfeifend aus. Alarm! Es dreht sich ihm was im Leibe um und bezieht Position. Er pfeift selbstvergessen, bis ihm die Tränen auf die Backen springen.
Meister huscht vom Gerüst, von Wut umschrillt, und taucht in die selige Masse.
Schlich wie gewaschen in seinem Rock, wie nach einer Höchstleistung ausgelaugt, fühlt jeden Muskel wohlig.

Das Zentrum

Ich will den Platz überqueren, ich will im Ernst an meine verlorene Arbeit gehn, und empfinde aber, in dem dünnen Gewühl, einen rohen ziehenden Schmerz, eine Freude ... indem ich etwas vermisse; etwas Gelebtes, das ich insgeheim, in meinen Fasern noch lebe. – Ans Werk. Wir befinden uns in der Fußgängerzone, Kamerad, einer *beruhigenden Errungenschaft*, und es meldet sich die Scham. »Wenn die kleine DDR wenigstens den Katalysator, die Rauchentschwefelung und die Fußgängerzone erfunden hätte, sie hätte glänzen können wie das ewige Zündholz, das zwar keinen Profit bringt, aber das es doch gibt. Daß wir keine Alternative lebten – das ist die eigentliche Scham.« – Allerdings kannten wir auch nicht den irren Verkehr. – Die Inseln, der Ruhe. Rastplätze des Fortschritts. – Unsere anders »beruhigte Zone« ... – Areale ohne Drangsal / des Verdrängens! – Die bedächtige Gangart, auf den Kontinenten, die *andere Arbeit*

Wie einst mitten in den Text tritt Schaber, und unterbricht sie. Er tappt, ohne den Blick im geringsten zu wenden, zwischen die Container der Deutschen Bank und stellt sich geduckt in die Schlange. Ich folge meiner vierten Regung und grüße. Er ist alt geworden, leichenhaft. Guten Tag, *Genosse* Schaber. Er starrt aus dem mausspitzen Gesicht, das sich, erschreckt von dem Wort, verfärbt. Er drückt sich an die Blechwand,

erkennt mich und lächelt gehetzt. Er grüßt: Haha. Damit ist ein Thema ausgeschritten, und ich blicke den Partner kühl an.
Die verlorene Arbeit. Der Chef, das Hohe Tier inmitten des »wegen oft nicht sehr klarer Zwecke hin- und herschießenden Volkes« (Kafka). Eine Ratte.
Jetzt sehe ich es! In Wirklichkeit war ich es, der pfiff: und er sprang. In Wirklichkeit – wenn man es ernst nahm – war ich sein Vorgesetzter. Ich hätte nur zu kommandieren brauchen, es war meine Kunst. Ich konnte vorschreiben, was ich will, er mußte mir folgen / mich verfolgen. Das war mein Privileg, daß ich *Antwort* bekam (und er nicht). Ich war verantwortlich für ihn. Ich habe ihn vernachlässigt, ich habe ihn verkommen lassen. Jetzt bin ich das Sorgerecht los.
Aber auch das Volk der Mäuse war ihm über. Wenn man es ernst nimmt – in dem einen Moment – war es eine Macht. Hier im Zentrum, als es zusammenstand. Er war der Untertan.
Wie, wenn es all das begriffen hat? würde es wieder aus den Löchern kommen, wie einmal?
Schaber versteht nichts; er grinst aus den Schultern hervor. Wir sind im Zentrum der Furcht. Ich trete auf ihn zu, und er weicht in Panik in die Reihe, und ich umarme ihn kühn.

Nach Lage der Dinge

Die Dinge lagen so, daß sie zugänglich waren. In den Ortschaften, im Gelände; jedermann ging an sie heran, verharrte kühl seine Stunden und übergab sie der nächsten Schicht. Kaum daß bei der Übergabe ein paar Witze gewechselt wurden oder sonstige Nachrichten. Männer und Frauen nahmen die Dinge, wie sie waren, man stellte sie an, man stellte nicht viel damit an. Man konnte mit ihnen leben, den genügsamen alten Apparaten; während der Arbeit *leben*. (Man verstand es so.) Es war das Eigentum. Das war unerhört.
Selbstverständlich!
Es hat dann bei all den Gegenständen eine Veränderung gegeben, es wurde ihnen der Titel genommen, und sie starrten herrenlos aus den Hallen. Vielmehr die Eigentümer in ihrer Bescheidenheit stellten die Dinge zur Disposition. Es sollte nicht an ihnen liegen. Es sollte werden (im nachhinein fragt man: was?). Die Dinge aber nun, sich selbst überlassen, wurden rege. Sie begannen unversehns zu handeln. Jedes eine besondere Sache, die im Regen stand. Sie versuchten sich zu behaupten, mit ihren Fertigungsstrecken und Aggregaten. Sie waren plötzlich, oder merkte man es nur erst, mit einer Kraft begabt, die hart das Verhältnis der Personen zu ihnen klärte. Sie teilten kalt mit, wen sie ertragen mochten; die wenigsten; bekannte volkreiche Produktionen liefen aus wie alte Eimer. Die ge-

wiefte Belegschaft verfolgte fassungslos die Handlung, des alten Eisens. Es rächte sich, daß man diese Dinge unterschätzt ... daß man sie nicht geschätzt hatte. Nichtsnutze wir, die nicht darüber verfügt hatten mit Fug und Recht! Jetzt gewannen die Dinge, die man nicht groß angesehen hatte, ein schreckliches Aussehen, entmenschte Maschinen, sie wuchteten in die Reihen. Oder duckten sich in den Acker, um uns loszuwerden, und spreizten sich mit ihrem Schrottwert. Und nicht, daß sie dabei zu gewinnen hofften! Ganze Werke, wie um den Menschen zu verhöhnen, ließen sich verhökern für eine Mark. *Nehmen Sie meine Fabrik*. Man hätte gedacht, daß sie sich verteidigen würde mit Nägeln und Schrauben. Aber kaum hatten wir die Bänder angehalten, waren sie arretiert von dieser magischen Kraft. Bis man begriff, was eigentlich vor sich ging, war es um alles geschehn; ein sagenhaftes Ereignis, dessen Schnelle Beweis der Unausweichlichkeit war. Welche Erniedrigung, welche Erhebung. Ein freies Feld von Bitterfeld bis Böhlen. Wenn einem nur das nackte Leben blieb.

Archiv

Nach der sogenannten Wende sah ich nur die Wendungen, und zwar der willfährigsten Leute, die sich also gleich blieben. Ich hörte sie noch in dem sattsamen Tonfall sprechen, nur waren ihnen die Worte etwas durcheinandergeraten, so von außen in die Zähne gesteckt, und sie sangen nun nicht mehr WESSEN STRASSE IST DIE STRASSE / WESSEN WELT IST DIE WELT! sondern: wessen Laden ist der Laden, wessen Geld ist das Geld.

Als der historische Moment gekommen war und die Larve den Panzer zerbrach – und wirklich, pünktlich ereignete sich das Unglaubliche –, vernahmen wir aber ein fauchendes, oder blechernes? Geräusch, das große Flügelwesen zog pfeilschnell über die Allmende und mähte die Hundeblumen. Ein Schmetterling – der Name hätte mich warnen können, jetzt war mein Besitz zerschmettert. Aber die Freiheit nicht, der Panzer hat die Schreckgestalt gemacht, meine harte, gepanzerte Hoffnung, in der das schlummerte und ausbricht wie die letzte Konsequenz.

In San Francisco überreichte man mir einen kleinen silbernen Stern, wie er an die Helfer beim Erdbeben vom Oktober 1989 vergeben wurde. Im Oktober 1989 war ich im Erdbeben in Berlin. Alright.

Ich hatte, wenn ich es zu Papier gab, selber ein Leben; ich *suchte* nichts anderes, dasselbe nur besser. Ich schrieb Annoncen mit diesem schlichten Text. Die wirkliche Offerte war endlich die Katastrophe.

Wir liegen jetzt wie Findlinge vor den Endmoränen aus der Eiszeit, wir brauchen keinen Respekt. Wir sind nicht zu verwerten wie der Splitt.

Der *leere Raum*: des Vorgefühls, in dem wir so viel fallen ließen, was uns beschwerte, der Raum der Möglichkeiten, das war der Alexanderplatz, als er so gefüllt war, mit unabsehbaren Massen.

Im November 1989 hielt ich im Friedrichstadtpalast eine Rede: ÜBER DIE NOTWENDIGKEIT VON RÄTEN. Es war ein klarer, aber nicht flammender Text, und ich in ebensolcher Verfassung. Redend, hatte ich schon resigniert. Ich habe ernsthaft gedacht, aber nicht ernsthaft gehandelt. Auf der Rednerliste war, infolge eines Hörfehlers, angekündigt: ÜBER DIE NOTWENDIGKEIT VON REDEN.

Etwas fehlt. Aber etwas bleibt, sagte Paul Ackermann, nach dem langen Aufstand der Montage, in der Messestadt Mahagonny.

Es wurden dann sogenannte grauenhafte Vorschläge gemacht, abgebaute Zuschauer- als wie Arbeitsplätze. Eine gewisse Übereinstimmung sei zu wahren, eine

Gerechtigkeit. Wenn die Bischofferöder HUNGERN FÜR ARBEIT die Berliner nach Kunst. Das Solidarpack. – Es gab keinen Applaus, aber die letzte Garderobenfrau begriff, daß ein härteres Stück beginnen muß.

Leseland. »In der Veranda der Kantine stehen Feldbetten, an denen Handschellen festgemacht sind. Auf dem Tisch überall Getränke und das *Handbuch des politischen Fastens.*« WOCHENPOST 28/93

»Wir sind alt genug, um ganz von vorn anzufangen.« POSTDIENST

Die mailänder Agentur eines gewissen Umberto Gallini bietet die perfekte Flucht an, den spurlosen Flug; unter Zurücklassung der Probleme. Die Gattung darf darauf zurückkommen.

»Ich neige heute noch, zum Beispiel in der Fußgängerzone in Köln, zu Haßanfällen gegen das Geschmeiß ... Das ist unausrottbar. Auch der Stachel, wenn ich mich dem Geschmeiß anschließe und es schmeckt mir«, sagt mein Freund.

Ein Skinhead, beim *Besuch* eines links-autonomen Jugendtreffs am kahlen Kopf getroffen, ist jedoch gut verbunden worden, dergestalt, daß er in der Dunkelheit, in Hellersdorf, noch einmal, als Inder, zusammengeschlagen wurde.

»A tree is best measured, when it is down.« Robert Wilson. Will ich es so genau wissen, und der Wald ist gefällt?

Meine Verhältnisse raten mir, rücksichtslos zu sein. Lächle nicht, sagen sie. Lüge nicht. Heraus mit dir, ohne Umschweife, hart, brutal. Faß! Ihr Hunde. Ihr Hunde. Wie stille ich nun die Sehnsucht nach Freundlichkeit.

Wir halten uns aufrecht an den Untergängen. Nun inszenieren wir sie. Das schmutzige Meer in Böhmen, die Sturmflut. Aber vielleicht hilft sich die Natur, und es ist ein reinigender Sturm: und ihr *Auftritt* eine versöhnende Geste gegenüber dem verrotteten Menschen? Und er sollte nicht der gleichen Gesten fähig sein, in einem ernsthaften Spiel?

Worum geht es?

Er wollte nur einen Happen zu sich nehmen. In den Gassen ein nasser scharfer Wind, der in seine fiebernde Brust fuhr, in den Kneipen der schrille Lärm der neuen Tüchtigkeit –, so huschte er in das Portal des gewaltigen stummen Hotels, vielmehr die Drehtür nahm ihn mit und kreiselte ihn in das hellichte Peristyl.
Er schlich gleich an die Treppe, der weiche Teppich schleckte seinen Schritt, er wurde hinaufgesogen und erblickte auf der letzten Stufe, beiderhand, zwei schwarzgekleidete Herren, die ihm jeder ein Tablett entgegenstreckten. Er zögerte, er wich ihrem Blick aus: und war genötigt zuzugreifen; und trat, ein Glas Sekt in der Hand, ein wenig schnaufend auf das Plateau. Es war, zu seinem Erstaunen, von einer lautlosen Menge eingenommen. Sie haftete feierlich an den Wänden oder drängte, leere Teller vor dem Leib, gegen die undurchdringliche Mitte des Raums. Er ließ sich, benommen, zwischen heftige Hüften gezwängt, an die Barriere bewegen, und sah nun, daß sie ein überlanger weißgedeckter Tisch war, auf dem Hummer und zerschnittene Früchte aufgebahrt lagen. Alles stach wortlos zu, wich von der Raufe zurück und biß begierig in die Beute. Er desgleichen; das war nun seine Absicht gewesen, etwas zu sich zu nehmen, er sah amüsiert umher, wer sie erraten hatte. – Niemand. Niemand beachtete ihn und wies ihn lächelnd zurecht.

Niemand nahm Anstoß an seinem Auftritt. Er fragte mit gleichgültigem Ton ein vor ihm mampfendes Paar: wozu sie gebeten seien? – Keine verständliche Antwort von der Seite. Es schien eine Frage, die sich nicht stellt. – Er schaute flehentlich in den Saal, nach einem kleinen Zeichen. Worum ging es? – Er kaute den Lachs hinunter, griff ein neues Glas und goß das Zeug zwischen die Zähne. Mit einemmal wollte er es nicht wissen. Er wollte den Sinn nicht wissen. Er genoß es, so fremd und zugleich einbezogen zu sein; er sah die Versammelten mit roher lachendem Auge. Sie standen, sich auf den Sohlen wiegend, auf dem Parkett, mit mutigen, aufgesetzten Mienen. Sie hatten sich dem Raum ganz anverwandelt: auberginenfarbne Fräcke, anthrazitne Klüfte, die Damen Perlenketten auf den Bastionen. Es schien ihm, sie alle wußten beileibe nicht, was lief. – Ein nobler, ausgedachter, perfekter Raum, übrigens noch unter dem alten Regime errichtet. Das Buffet jetzt leergefressen, die kahlen Platten blitzten auf der Halde. Er durchquerte das Bild in seinem Hochgefühl in strikter Diagonale, das Glas in der Faust; das er stumm einem Kellner überließ. Verhielt mit lockeren Gliedern vor dem Bechsteinflügel, an dem ein unrasierter herverschlagner Typ, sich selber hingegeben, herrlich jatzte.
Er atmete auf, und schritt die Treppe hinab und ging, ohne erfahren zu haben, worum es gegangen war – es schien ihm überaus wichtig, ohne die Auskunft abzugehn – mit festem Tritt gegen eine Pendeltür ins Freie.

Die letzte Vorstellung

Ich hatte auf einmal viel Zeit. Ich kauerte in dem dunklen Theater, die Hände gefaltet. Zur Ruhe gebracht – wie man selbstgefällig redete, »ausgeschaltet«, wie ich mehrdeutig präzisierte. Ruhe und Frieden war die Losung hier, die unsinnigste Ankündigung, wie jeder ahnen kann, der etwas von Kunst versteht.

Wahr ist: daß meine Arbeit getan war, alle Vorhaben erledigt – im elendsten Sinn. Nun kam nichts mehr. Die Mitgliedschaften waren erloschen, die Petitionisten schickten umsonst ihre Faxe. Ich war nicht mehr ansprechbar. Das Telefon klingelte sich tot, die Zeitungen waren es ohnehin (ein letztes Exemplar der Süddeutschen hatte ich mir gegen die Nässe ins Hemd gestopft). Nicht einmal Straßengeräusche; nur das Jaulen der Sankas mischte einen üblen Ton in die Stille. Ganz fehlte: das Dröhnen der Debatten. (Und auch die innere Unruhe schien sich für Momente zu legen; wie wenn an meinem römischen Schreibtisch Gewölk aufzog und ich nicht mehr zerrissen auf die gleißende Straße schmulte.) Hier war ein allgemeiner Schatten, von erdiger Dichte. Man hätte es als angenehm empfinden müssen, wie sich alle Bewegungen so vollkommen verlangsamten, wie der Dampf endgültig abgelassen und die Kolben arretiert waren; tatsächlich Sand im Getriebe. Nur die Nägel und Haare wuchsen noch (»Künstlermähnen«), aus jedem Menschen wuchs ein Künstler. Zugleich aber, oder deswegen, die andere Bewegung, die von außen nach innen drang, durch die durchlässige Haut; Augen, Geschlecht und Lippen aufgezehrt, zerstört vom Ansturm des Lebens, das sich endlich in die Adern und Gedärme fraß und mich enervierte. Es kam also keine Müdigkeit auf, das Gegenteil ist wahr: der Anblick all der heruntergekommenen Darsteller versetzte mich in einen aufgekratzten Zustand, ja, eine Aufgeregtheit!

Wir (denn wir waren eine Masse) lagen im Halbrund des Theaters von Rotoli – von außen, von oben betrachtet, von den Kliffs von Mondello, verdiente es diesen Namen, in die weiße Bucht geschmiegt: der Horizont das Meer. Eine unsubventionierte *Naturbühne*; nachts, hieß es, sollte sie bespielt werden. Wir hielten uns natürlich auf der Unterbühne auf, was für das Folgende bedeutsam ist.

Es kam aber eins hinzu. Brook stand draußen im Uferkies und erläuterte seine Absichten. Es war nicht klar wem, aber leise, wie der Regen, tropfte seine Stimme herein. Nie hat er begierigere Zuhörer gefunden als hier in der ewigen Kulisse. Er fing damit an, daß wir uns befreien müßten von allem, was wir mit uns herumschleppen. Wir vernahmen es mit stillem, ironischem Jubel. Das sei der Anfang der Arbeit: daß man sich trenne, sich löse von dem, was zu schnell da ist und uns festlege auf eine Sache, ein Ziel. (Das kannten wir ja, wir stöhnten vergnügt auf.) Die erste beste Erklärung und Verlautbarung sei vordergründig; die raschen Schlüsse, die wir immer wieder zogen bzw. die Geschichte zieht ... Um da herauszukommen, müsse man sich *entleeren*. Man müsse sich ausräumen wie einen Koffer. Nun lachten wir wissend, wir schüttelten unsere Körper, daß die Knochen flogen und der letzte Kot aus dem Darm bröckelte. Wir müßten atmen! Dieser Satz war ein Schock, und wir verstummten, ohne doch in der Aufmerksamkeit zu erlahmen. Es genüge, sagte Brook, nur eine Vorahnung dessen, was wir begännen (ein présentiment, sagte er), ja wichtig sei, daß es nicht mehr sei als dieses noch vor der Ahnung wohnende Gefühl. Aber wenn man es nicht habe, sei man verloren. Diese harsche Wendung entsetzte mich, sie war allzu wahr, und einige Damen und Herren prusteten zynisch in gewollter Fröhlichkeit. Verloren. – Das Gefühl sei die Richtung, der Weg. Die zu frühe Form entstehe aus Angst. Aus Angst, es *nicht zu erleben*; keinen Sinn zu sehn. (Eine begreifliche, eine längst erlebte Rede! für uns, die unter Parolen geprobt hatten, in festen, rostigen Verhältnissen.) Alle Erfahrung lehre, daß es besser sei zu warten. Wir trommelten Beifall, ratlos, verzweifelt, beschämt. *Man komme uns nicht mit Fertigem.* Jetzt, da wir Zeit hatten ... und auf nichts warteten: was für ein furchtbarer, schmerzlicher Text. Wir krümmten uns auf unseren Brettern, wir schluchzten. Nur eines sei von Belang auf der Bühne: die Person, der lebendige Mensch. Der Mensch, der leidet und kämpft, der sich behauptet, der hilft. Der mit allem lebt, den Freuden und den Schrecken.

Nichts ist so stark wie der Mensch. – Wir hörten verzückt, traumverloren zu, und wußten nicht mehr, ob die Worte von draußen kamen oder in unseren wahnwitzigen Schädeln klirrten. Aber wir wußten, es war unsere letzte Vorstellung. Es waren unsere Sätze, nur eines machte sie bitter und brachte mich um den Verstand: daß wir längst hier lagen in der Erde und alle Kunst umsonst war. Und die Legende, derentwegen ich mich hierher hatte betten lassen, daß die Toten nachts heraustreten auf den Friedhof, war so nicht wahr.

Am Weststrand
oder Die Kunst des Berichtens

Der Schauplatz wechselte, das Wetter, die Währung. – Wir kamen am späten Mittag an. Die Stadt wie ausgestorben; die Fassaden zugedrückt von der Glut, die Jalousien herabgeschmolzen. Wir überquerten einen dreckig-stillen Platz, Fetzen Papier; dunkle Lachen alter Jahrhunderte, deren Trödel auf Brettern ausgebreitet ruhte und den Anblick noch trostloser machte. Hunde und streunende Kinder. Wir saßen in zwei zerborstenen Stühlen und starrten auf die toten Cafés, das ist das Bild Bordeauxs, das sich uns einbrannte. – Am späten Abend saß ich an der rue du Pas-St-Georges in einem der herausgerückten Restaurants; Gelage unter heiterem Himmel, ein unwahrscheinlicher Lärm aus den Gassen, und bis an die Tische drängte sich das unverschämte Leben. Ich blickte an den herrlichen Giebeln hinauf, aus deren Brüstungen sich junge Paare beugten, die ich vom Lager aufgesprungen dachte, auf das sie wieder ruhig atmend fallen. Terese; Terese hat diese Veränderung nicht gesehen, diesen ausgepackten Platz, sie konnte sich unmöglich vorstellen, daß es ihn gibt. Die Musik, der Duft der Fischgerichte. Terese war abgereist in einer dreckigen öden Stadt. Ich saß im Rausch und trank Bordeaux. Es war ein unglücklicher, quälender Abschied, der Zug fuhr nicht um die Stunde, die wir dem Fahrplan entlockt hatten, wir verlangweilten in dem Bahnhofsgelände und gaben uns ohne nennenswerten Protest der tristen Stimmung hin, wie übermüdete Passagiere, und ich winkte endlich heftig in ein falsches Abteil hinein, aus dem eine Greisin, sich erbarmend, das Tüchlein streckte. Es konnte, schien mir jetzt, ein Abschied für immer sein. Der heftige Fahrtwind nur bei dem Gedanken preßte mich an den Tisch, und aus meinem Mund fuhr ein hoher keuchender Laut, den nur ich als Schrei erkannte, während ihn die Umsitzenden mit Genugtuung quittierten. Sie ahnten, daß es mir gutging, daß ich liebte, daß ich jetzt herrlich lieben konnte. Aber ich war unaushaltbar allein, in dem Stimmengewirr. Wir hatten es nicht erlebt. Ich hatte ihr, in meiner Gleichgültigkeit, die Verwandlung nicht gestattet. Dabei ahnte ich doch, daß sie an einem anderen Ort auch fröhlicher ankam – ich sah es nur nicht, heiterer antrat, mit dem schönsten Gesicht. Ich stöhnte wehrlos, man trank mir zu. Man griff mich belustigt an. Ich nahm nur nicht wahr, wie sie sich kleidete, wie sie sich entpuppte ... Oder hatte ich es ihr unmöglich gemacht? – Ich sah wie ein Mensch, von dem man Bericht erwartete, auf den nackten Platz, und öffnete fachmännisch meine Organe. Ich war ein betrunkener, viel zu gelenkiger Kerl, über den man lachen mußte, ein komisches Talent. Ich durfte die Beschreibung nicht zu früh beenden, in der tristen Hitze, ich mußte fortfahren gerechterweise bis in die Nacht. Um der Wahrhaftigkeit willen. Ich müßte Geduld haben und warten, auf die Verwandlung, auf diese Lust in den Straßen, die Kraft. Ich mußte Terese Zeit lassen und, wie ein Autor, hoffen, daß sie es schafft. Würde ich zurückfinden zu diesem Glauben? Er würde mich selbst verwandeln. – Ich sackte, indem ich die Hand hob, um den Kellner zu rufen, unter das Tischchen und ließ mich verständig auf den Stuhl hieven; wir waren hier Verschworene, und nichts konnte die Feier trüben. Ich tappte entschlossen in die nächste Gasse und ließ, mit einer Körperdrehung, einen Polizeiwagen passieren, und entdeckte dann ein bedeutendes Schild: CHANGE, eine Aufforderung, der ich in meinem Zustand nachzukommen suchte. Irgendwie würden wir das schaffen (und Geld hatte eben den größten Wechsel bewirkt). Es war jetzt dunkel, eine mondlose Nacht. Ich gab die Eurocard in den Automaten ein und wartete auf die Erledigung des Auftrags, die nun, als zwei weitere Passanten hart hinzutraten, nicht zu unterbrechen war. Was wollen sie? Ich griff das Bündel Scheine, und ein Stoß traf mich an der Brust und sofort darauf ein eisenharter Schlag an der Stirne. Ich fühlte, als ich hintübersank, daß ich die Beschreibung nicht abschließen konnte, und doch, seltsam genug, empfand ich in dieser Minute nichts als Freude, da mir mein ganzer Plan noch einmal vor Augen lief. Genug der Maskerade! rief ich mir lachend zu, heraus, zeige dich! Willst du am Leben bleiben? Zeige dein armes Gesicht, deinen Schmerz. Die kalten Steinplatten schlugen an die Schulter. Alles rückte hier unten zusammen, um die nächste Zukunft zu erkunden; nichts blieb an seinem sinnvollen Platz. Lebe, so gut du kannst.

Volker Braun

Das Wirklichgewollte

64 Seiten. Gebunden

Giorgio Badini, Sohn eines toskanischen Maurers, jetzt Professor und Besitzer eines Landguts, genießt mit seiner Frau den Ruhestand. Aber die Alten sehen plötzlich ihr Haus von einem jungen Paar besetzt – Flüchtlinge oder Verbrecher? Darf man ihnen helfen, oder muss man sie fürchten?
Sachar Baschkin und seine Frau Warwara, einst aus Piter ausgezogen, die längste Bahnstrecke der Welt zu bauen, sind in Sibirien auf der Strecke geblieben. Sie sind unnütze Menschen geworden und finden in ihrem Waggon keine Ruhe.
So knapp und genau die Sprache der Geschichten, so hart treten die Gegensätze zueinander, Verhältnisse, die nicht zu versöhnen sind und nicht zu erdulden. *So stehn die Dinge*, aber *was kommt*, und was ist *das Wirklichgewollte*?

Volker Braun, geboren 1939 in Dresden, lebt in Berlin. Er ist mit dem Georg-Büchner-Preis 2000 ausgezeichnet worden.

NF 250/1/7.00

Volker Braun

Tumulus

47 Seiten. Klappenbroschur

»Landschaft und Dichtung, Taten wie Untaten, erfüllte Augenblicke und der Wutausbruch ...: alles Stoff zum Leben in der geformten Sprache des Gedichts. Hier wird alles zum Material. Zeilen großer Dichtung und große Gedanken eines unglücklichen Bewußtseins, Schrei und Gelächter, sound and fury«, schrieb Hans Mayer über die Gedichte Volker Brauns.
Auch in seinen neuesten, zwischen 1995 und 1997 entstandenen Gedichten fragt Volker Braun dem Zustand unserer Welt nach, an dessen Unabänderlichkeit er sich keineswegs gewöhnen mag. Den Glauben an solchen Stillstand hält Braun nämlich ebenso für eine trügerische Illusion wie die Hoffnung auf einfache Lösungen. Der poetische Versuch, Irrtümer und Versteinerungen abzutragen, schreibt den Texten eine ungeheure Spannung ein.

NF 249/1/7.00

Volker Braun
im Suhrkamp Verlag

Berichte von Hinze und Kunze. es 1169. 90 Seiten

Bodenloser Satz. Kleine Reihe. 40 Seiten. Büttenbroschur

Böhmen am Meer. Ein Stück. es 1784. 62 Seiten

Es genügt nicht die einfache Wahrheit. Notate.
es 799. 150 Seiten

Gesammelte Stücke. Zwei Bände. es 1478. 276 Seiten

Hinze-Kunze-Roman. st 3194. 240 Seiten

Iphigenie in Freiheit. 36 Seiten. Büttenbroschur

Langsamer knirschender Morgen. Gedichte.
92 Seiten. Broschur

Lustgarten, Preußen. Ausgewählte Gedichte.
st 3124. 177 Seiten

Der Stoff zum Leben 1-3. Gedichte. Mit einem Nachwort
von Hans Mayer. BS 1039. 108 Seiten

Tumulus. 47 Seiten. Klappenbroschur

Das ungezwungene Leben Kasts. Erweiterte Ausgabe.
st 546. 191 Seiten

NF 206/1/4.00

Unvollendete Geschichte. BS 648. 98 Seiten

Die Unvollendete Geschichte und ihr Ende.
BS 1277. 122 Seiten

Verheerende Folgen mangelnden Anscheins innerbetrieblicher Demokratie. Schriften. es 1473. 157 Seiten

Die vier Werkzeugmacher. Kleine Reihe.
51 Seiten. Büttenbroschur

Wir sind erst einmal am Ende. es 2088. 181 Seiten

NF 206/2/4.00

Neuere deutschsprachige Literatur im Suhrkamp Verlag Eine Auswahl

Kurt Aebli

- Frederik. Erzählung. 109 Seiten. Gebunden
- Küß mich einmal ordentlich. Prosa. es 1618. 106 Seiten
- Mein Arkadien. Prosa. es 1885. 115 Seiten
- Die Uhr. Gedichte. es 2186. 90 Seiten

Gion M. Cavelty

- ad absurdum oder Eine Reise ins Buchlabyrinth. es 2031. 110 Seiten
- Endlich Nichtleser. st 3131. 120 Seiten
- Quifezit oder Eine Reise im Geigenkoffer. es 2001. 106 Seiten
- Tabula rasa oder Eine Reise ins Reich des Irrsinns. es 2076. 107 Seiten

Kurt Drawert

- Alles ist einfach. Stück in sieben Szenen. es 1951. 116 Seiten
- Haus ohne Menschen. Zeitmitschriften. es 1831. 120 Seiten
- Privateigentum. Gedichte. es 1584. 138 Seiten
- Spiegelland. Ein deutscher Monolog. es 1715. 157 Seiten
- Steinzeit. es 2151. 160 Seiten

Kurt Drawert (Hg.)

- Das Jahr 2000 findet statt. Schriftsteller im Zeitenwechsel. es 2136. 280 Seiten

Esther Dischereit

- Joëmis Tisch. Eine jüdische Geschichte. es 1492. 122 Seiten
- Merryn. 118 Seiten. Gebunden
- Übungen, jüdisch zu sein. Aufsätze. es 2067. 150 Seiten

NF 229/1/6.00

Oswald Egger
- Herde der Rede. Poem. es 2109. 380 Seiten

Werner Fritsch
- Aller Seelen. Golgatha. Stücke und Materialien. es 3402. 200 Seiten
- Cherubim. 254 Seiten. Gebunden
- Es gibt keine Sünde im Süden des Herzens. Stücke. es 2117. 302 Seiten
- Fleischwolf. Gefecht. es 1650. 112 Seiten
- Jenseits. Erzählung. 72 Seiten. Gebunden.
- Die lustigen Weiber von Wiesau. Stück und Materialien. es 3400. 189 Seiten
- Stechapfel. Legende. 102 Seiten. Gebunden
- Steinbruch. es 1554. 53 Seiten

Rainald Goetz
- Abfall für alle. Roman eines Jahres. 800 Seiten. Broschur
- Celebration. Texte und Bilder zur Nacht. es 2118. 286 Seiten
- Dekonspiratione. Erzählung. 140 Seiten
- Festung. Stücke. es 1793. 295 Seiten
- Hirn/Krieg. es 1320. 508 Seiten
- Irre. Roman. Mit zahlreichen Abbildungen. st 1224. 331 Seiten
- Jeff Koons. Stück. 159 Seiten. Englische Broschur
- Kontrolliert. st 1836. 281 Seiten
- Kronos. Berichte. es 1795. 401 Seiten
- 1989. (Drei Bände) es 1794. 1599 Seiten
- Rave. Erzählung. 1998. 271 Seiten. Leinen

Durs Grünbein
- Falten und Fallen. Gedichte. 124 Seiten. Gebunden
- Galilei vermißt Dantes Hölle und bleibt an den Maßen hängen. Aufsätze 1989-1995. Mit drei Abbildungstafeln und fünf Vignetten. 269 Seiten. Gebunden

NF 229/2/6.00

- Grauzone morgens. Gedichte. es 1507. 93 Seiten
- Nach den Satiren. Gedichte. 1999. 250 Seiten. Gebunden
- Schädelbasislektion. Gedichte. 154 Seiten. Gebunden
- Den Teuren Toten. 33 Epitaphe. 48 Seiten. Büttenbroschur

Norbert Gstrein
- Anderntags. Erzählung. es 1625. 116 Seiten
- Einer. Erzählung. es 1483. 118 Seiten
- Die englischen Jahre. Roman. 360 Seiten. Gebunden
- Der Kommerzialrat. Bericht. st 2718. 148 Seiten
- O2. Novelle. st 2476. 170 Seiten
- Das Register. Roman. st 2298. 230 Seiten
- Selbstportrait mit einer Toten. Roman. 112 Seiten. Gebunden

Katharina Hacker
- Der Bademeister. Roman. 210 Seiten. Gebunden
- Lea Aini: Eine muß da sein. Roman. Aus dem Hebräischen von Katharina Hacker. 198 Seiten
- Morpheus oder Der Schnabelschuh. es 2092. 126 Seiten
- Tel Aviv. Eine Stadterzählung. es 2008. 145 Seiten

Joachim Helfer
- Cohn & König. Roman. st 3120. 232 Seiten
- Du Idiot Roman. st 2998. 268 Seiten

Peter Henning
- Aus der Spur. Erzählung. st 3156. 120 Seiten
- Tod eines Eisvogels. Roman. st 2908. 135 Seiten

Daniel Kehlmann
- Beerholms Vorstellung. Roman. 288 Seiten
- Mahlers Zeit. Roman. 160 Seiten. Gebunden
- Unter der Sonne. Erzählungen. 112 Seiten

NF 229/3/6.00

Gerhard Kelling
- Beckersons Buch. Roman. 1999. 269 Seiten. Gebunden

Ady Henry Kiss
- Atlantic City. Erzählungen. st 2838. 230 Seiten
- Baker's Barn. Roman. st 2633. 338 Seiten
- Canyons. Roman. st 3096. 160 Seiten
- Manhatten II. Roman. st 2416. 152 Seiten
- 1999 – Der Planet. Drei Bände in Kassette: Baker's Barn, Canyons, Manhatten II. Mit CD

Barbara Köhler
- Blue Box. Gedichte. 59 Seiten. Leinen
- Deutsches Roulette. Gedichte. es 1642. 85 Seiten
- Wittgensteins Nichte. vermischte schriften / mixed media. es 2153. 175 Seiten

Uwe Kolbe
- Abschiede. Und andere Liebesgedichte. es 1178. 82 Seiten
- Bornholm II. Gedichte. es 1402. 106 Seiten
- Hineingeboren. Gedichte. 1975-1979. es 1110. 137 Seiten
- Nicht wirklich platonisch. Gedichte. 98 Seiten
- Renegatentermine. 30 Versuche, die eigene Erfahrung zu behaupten. 228 Seiten
- Vaterlandkanal. Ein Fahrtenbuch. 86 Seiten. Englische Broschur
- Vineta. Gedichte. 1998. 68 Seiten. Gebunden

Christian Lehnert
- Der Augen Aufgang. Gedichte. es 2101. 100 Seiten
- Der gefesselte Sänger. Gedichte. es 2028. 92 Seiten

Jo Lendle
- Unter Mardern. es 2111. 100 Seiten

NF 229/4/6.00

Andreas Maier
- Wäldchestag. Roman. 350 Seiten

Thomas Meinecke
- The Church of John F. Kennedy. Roman. 245 Seiten
- Holz. Erzählung. st 3010. 112 Seiten
- Mode & Verzweiflung. st 2821. 129 Seiten
- Tomboy. Roman. st 3118. 251 Seiten

Bodo Morshäuser
- Die Berliner Simulation. Erzählung. 138 Seiten. Englische Broschur
- Blende. Erzählung. 161 Seiten. Broschur
- Hauptsache Deutsch. 1992. es 1626. 205 Seiten
- Liebeserklärung an eine häßliche Stadt. Berliner Gefühle st 2933. 155 Seiten
  Nervöse Leser. Erzählung. 150 Seiten. Broschur
- Revolver. Vier Erzählungen. es 1465. 140 Seiten
- Tod in New York City. Roman. 140 Seiten. Gebunden
- Warten auf den Führer. es 1879. 142 Seiten
- Der weiße Wannsee. Ein Rausch. st 2713. 192 Seiten

Sabine Neumann
- Streit. Erzählungen. st 2119. 140 Seiten

Andreas Neumeister
- Äpfel vom Baum im Kies. 1988. 261 Seiten
- Ausdeutschen. Roman. 132 Seiten. Gebunden
- Gut laut. Roman. 132 Seiten. Gebunden
- Salz im Blut. 195 Seiten. Gebunden

José F. A. Oliver
- fernlautmetz. Gedichte. es 2212. 80 Seiten

NF 229/5/6.00

Albert Ostermaier
- fremdkörper hautnah. Gedichte. es 2032. 100 Seiten
- Heartcore. Gedichte. Mit CD. 110 Seiten
- Herz Vers Sagen. Gedichte. es 1950. 73 Seiten
- The Making Of. Radio Noir. Stücke. es 2130. 192 Seiten
- Tatar Titus. Stücke. 198 Seiten. Gebunden

Doron Rabinovici
- Instanzen der Ohnmacht. Wien 1938-1945. Der Weg zum Judenrat. 495 Seiten. Gebunden
- Österreich. Berichte aus Quarantanien. Herausgegeben von Isolde Charim und Doron Rabinovici. es 2184. 172 Seiten
- Papirnik. Stories. es 1889. 134 Seiten
- Suche nach M. Roman in zwölf Episoden. 287 Seiten. Gebunden

Patrick Roth
- Die Christus-Trilogie. Drei Bände mit CD. 436 Seiten. Gebunden in Kassette
- Corpus Christi. st 3064. 180 Seiten
- Johnny Shines oder Die Wiedererweckung der Toten. Seelenrede. st 2783. 163 Seiten. Gebunden
- Meine Reise zu Chaplin. Ein Encore. 80 Seiten. Gebunden
- Riverside. Christusnovelle. st 2568. 93 Seiten

Ralf Rothmann
- Berlin Blues. Schauspiel. 100 Seiten. Bütten-Broschur
- Flieh, mein Freund! Roman. st 3112. 280 Seiten
- Gebet in Ruinen. Gedichte. 72 Seiten
- Kratzer und andere Gedichte. st 1824. 85 Seiten
- Messers Schneide. Erzählung. st 1633. 133 Seiten
- Milch und Kohle. Roman. 211 Seiten. Gebunden
- Stier. Roman. st 2255. 372 Seiten. Leinen
- Wäldernacht. Roman. st 2582. 304 Seiten
- Der Windfisch. Erzählung. 133 Seiten. Broschur

NF 229/6/6.00

Lutz Seiler
- pech & blende. Gedichte. es 2161. 90 Seiten

Jamal Tuschik
- Keine große Geschichte. Roman. es 2166. 200 Seiten

Anne Weber
- Am Anfang war. 200 Seiten
- Ida erfindet das Schießpulver. es 2108. 120 Seiten

Peter Weber
- Silber und Salbader. Roman. 306 Seiten. Gebunden
- Der Wettermacher. Roman. st 2547. 316 Seiten

NF 229/7/6.00